CW00516197

Horst Evers, geboren 1967 in der Nähe von Diepholz in Niedersachsen, studierte Germanistik und Publizistik in Berlin. Er jobbte als Taxifahrer und Eilzusteller bei der Post und gründete 1990 zusammen mit Freunden die Textleseshow «Dr. Seltsams Frühschoppen», die bald zur erfolgreichsten Lesebühne im deutschsprachigen Raum wurde. Horst Evers erhielt u. a. den Deutschen Kabarettpreis (2002) und den Deutschen Kleinkunstpreis (2008). Jeden Sonntag ist er auf radioeins zu hören. Seine Geschichtenbände, zuletzt «Vom Mentalen her quasi Weltmeister», sind Bestseller. Horst Evers lebt mit seiner Familie in Berlin.

«Extrem witzige Kurzgeschichten aus einem fast völlig normalen Leben.» (WDR)

Horst Evers

WÄRE ICH DU,
WÜRDE ICH MICH LIEBEN

Rowohlt Taschenbuch Verlag

Veröffentlicht im Rowohlt Taschenbuch Verlag,
Reinbek bei Hamburg, Mai 2015
Copyright © 2013 by Rowohlt·Berlin Verlag GmbH, Berlin
Umschlaggestaltung any.way, Hamburg,
nach einem Entwurf von Frank Ortmann
Umschlagabbildung Bernd Pfarr, Illustration aus «Die Herren
der Schöpfung», © VG Bild-Kunst, Bonn 2014
Satz aus der Minion PostScript, InDesign,
bei Pinkuin Satz und Datentechnik, Berlin
Druck und Bindung CPI books GmbH, Leck, Germany
ISBN 978 3 499 26726 0

Das für dieses Buch verwendete FSC®-zertifizierte Papier
Lux Cream liefert Stora Enso, Finnland.

«Es ist sehr schwer, eine schwarze Katze in einem dunklen Zimmer zu finden. Besonders, wenn sie gar nicht da ist.»
Konfuzius

«Ich weiß, dass ich mal Dinge gewusst habe, die mir, bevor ich sie vergessen habe, überhaupt nichts genützt haben. Und doch vermisse ich sie.»
Jemand in einem grünen Hemd in irgendeiner Kneipe, dessen Namen ich leider mittlerweile vergessen habe. Genauso wie den der Kneipe. Nur an das grüne Hemd erinnere ich mich noch, wobei ich mir da bei der Farbe auch nicht ganz sicher bin.

«Ich glaube, die meisten Dinge habe ich nur gelernt, um besorgt verfolgen zu können, wie ich sie nach und nach wieder vergesse.»
Irgendein anderer, quasi als Antwort, einige Stunden später im selben Lokal. Möglicherweise auch ich selbst.

«You will still be here tomorrow, but your dreams may not.»
Cat Stevens, noch mal deutlich später am gleichen Abend, als sonst keiner mehr was gesagt hat, aus der Musikanlage.

INHALT

Jedem Anfang wohnt ein Ende inne

Die Blüte des Verfalls

Große Erwartungen

Talent und Wirklichkeit

Grandezza

Wäre ich du, würde ich mich lieben

«Kennen Sie dieses Gefühl, wenn Sie die ganze Zeit total müde sind und trotzdem einfach nicht einschlafen können? So erging es mir im Prinzip während der Pubertät mit meiner Sexualität.»
Die Ärztin schaut mich lange und fragend an.
«Warum genau haben Sie mir das jetzt erzählt?»
«Na ja, ich bin nun Mitte vierzig. Die zweite Lebenshälfte beginnt. Es spricht einiges dafür, dass wir in den nächsten Jahren viel Zeit miteinander verbringen werden. Wohl auch manche Gespräche führen. Zudem sind Sie die erste Ärztin, die deutlich jünger ist als ich. Daher wahrscheinlich die letzte Ärztin meines Lebens. Sie werden mich begleiten, wenn das Alter Besitz von mir ergreift. Mich durch lustige Krankheiten und entwürdigende Metamorphosen schiebt. Wenn ich mich an sämtliche Bremer Torschützen des Meisterjahres 1988 erinnere, aber nicht mehr an den Beginn des Satzes, den ich gerade spreche. Wenn die Kraft nachlässt und das Gewebe erschlafft, Schließmuskeln schlampig zu arbeiten beginnen und für große persönliche Enttäuschungen sorgen …»
«Halt! Halt!», unterbricht sie mich. «Wenn Sie jetzt schon

alles verraten, nehmen Sie ja die ganze Spannung raus. Lassen Sie mir und sich selbst doch ein bisschen Vorfreude.»

«Also gut, natürlich. Ich dachte nur, es wäre vielleicht ganz klug, Ihnen frühzeitig ein wenig von mir zu erzählen. Von meiner Kindheit, meinem Leben. Damit ich Ihnen etwas ans Herz wachse. Damit Sie mich, wenn bei mir Selbstbild und Körperwirklichkeit immer weiter auseinanderklaffen, trotzdem bereitwillig, freundlich und anteilnehmend dorthin begleiten, von wo noch nie ein Mensch zurückgekehrt ist: ins Alter.»

Die Miene der Medizinerin verzieht sich keine Sekunde.

«Haben Sie sich das selbst ausgedacht, oder ist das ein Zitat?»

«Ich habe ehrlich gesagt keine Ahnung. Ich zitiere häufig aus dem Kopf, und wenn ich dann google, wer das ursprünglich gesagt hat, stelle ich fest: niemand. Niemand hat das bislang gesagt. Wissen Sie, dass es eine Studie gibt, nach der mehr als die Hälfte aller berühmten Zitate gar nicht von den Leuten erdacht wurden, denen sie zugeschrieben werden? Manchmal haben die berühmten Leute diese Sätze sogar nicht einmal gesagt. Also häufiger, als man meint.»

Sie nickt. «Das kenne ich. Sie würden staunen, wie viele Menschen an Krankheiten leiden, die sie eigentlich gar nicht haben. Manchmal sterben sie sogar daran. Sie sollten nicht so viel über das Alter nachdenken. Aber wenn Sie einen Rat wollen, kann ich Ihnen nur dringend empfehlen, Ihren Körper und alle Veränderungen …»

«Ich weiß schon, anzunehmen und zu respektieren. Meinen Körper zu mögen, auch wenn es mir schwerfällt. Dieses ganze Zeug.»

«Nee, mit Mögen kommen Sie da nicht weit. Reicht nicht. Um glimpflich durchs Alter zu kommen, müssen Sie Ihren

Körper bedingungslos lieben. Ihm alles vergeben, alles verzeihen, auch wenn er sich noch so enttäuschend verhält. Nur wenn Sie blind vor Liebe sind, wird Ihnen das alles nichts oder zumindest wenig ausmachen.»

Vor meinem inneren Auge erscheint ein Bild aus der Vergangenheit. Ich kannte mal eine Katja. Mit Anfang zwanzig war ich einige Wochen mit ihr zusammen. Sie war sprunghaft, extrem temperamentvoll und wirklich anstrengend. «Wäre ich du, würde ich mich lieben», hatte sie irgendwann gesagt, «weil sonst hält man das mit mir nicht lange aus.» Das stimmte. Obwohl ich es trotzdem nicht lange ertragen habe, hat mir ihr Rat später oft geholfen. Wenn etwas wirklich nicht mehr auszuhalten ist, hilft nur noch Liebe. Nun soll das also auch noch fürs Altwerden gelten.

«Ich kenne übrigens teilweise Ihre Bücher», beendet meine neue Ärztin den Vorsorgetermin. «Falls ich darin demnächst vorkommen sollte, würde ich mich sehr freuen, wenn Sie auf Beschreibungen meiner starken Kurzsichtigkeit verzichten, auch auf Witze darüber und erst recht auf irgendwelche Formulierungen wie ‹ungläubiges Staunen durch dicke Brillengläser› oder so.»

«Selbstverständlich, vielleicht fängt das nächste Buch sogar mit unserem ersten gemeinsamen Infekt an. Sie werden gut aussehen», verspreche ich ihr und bekomme zur Belohnung einen warmen, liebevollen Blick aus ihren funkelnden grünen Augen.

Als ich am Morgen ins Badezimmer komme, stelle ich fest, dass der Spiegel kaputt ist. Das, was er mir als mein Gesicht andrehen will, ist nun wirklich eine bodenlose Frechheit. Erkenne mich quasi nur am Pyjama und am Badezimmerregal im Hintergrund.

Der lustlose Spiegel wirkt, als hätte ich ihn überrascht, als wäre er mit der Darstellung meines Gesichts nicht einmal halbfertig geworden. Es sieht maximal so aus, als hätte jemand mit einem ganz feinen, dünnen Bleistift eine Skizze vom Kopf gemacht, die Skizze durch Butterbrotpapier durchgepaust und dann einen Becher Kaffee darauf verschüttet. Obwohl, wie Kaffee sieht es nicht aus, eher wie verdünnte Himbeermarmelade. Ja, jetzt erkennt man es gut. Als hätte jemand auf das Butterbrotpapier mit dem durchgepausten Kopf noch mit Kaffee und Graupensuppe verdünnte Himbeermarmelade geschüttet.

Frage: «Spieglein, Spieglein an der Wand – wer ist der Schönste im ganzen Land?»

Der Spiegel versteht die Frage nicht.

Die Freundin meint, ich sähe schlimm aus. Quasi wie ein farbloser Schnapsmatrizenabzug meiner selbst.

Antworte: «Ich weiß, habe schon mit dem Spiegel gesprochen.»

Sie meint, der Spiegel sei kaputt. Die Tochter habe für ein Naturwissenschaftsprojekt im Bad einen Pappmaché-Planeten mit einem Gemisch aus Himbeermarmelade, Kaffee und Graupensuppe besprüht und dabei versehentlich den ganzen Spiegel gleich mit.

Murmle: «Ach.»

Die Freundin ärgert mich fröhlich. «Hätte man's gewusst,

hätte sie sich die ganze Arbeit sparen und stattdessen einfach deinen Kopf zur Projektstunde mitnehmen können. Der würde zurzeit auch ohne weiteres als Eins-a-Marsoberfläche durchgehen.»

Stöhne: «Ich hab Grippe.»

Sie meint: «Das ist höchstens ein grippaler Infekt. Richtige Grippe ist noch viel, viel schlimmer.»

«Schlimmer als das, was ich habe, ist tot. Mindestens. Fühle mich wie lebendig ausgestopft. Als hätte mich der schlechteste Tierpräparator der Welt mit achtzig Kilo Schleim gefüllt. Nachdem er mich vorher esoterisch betäubt hat. Also diese Betäubung, wo einem nur so eine große Metallklangschale über den Kopf gestülpt wird, und dann schlägt eine sehr kräftige Person mit einem riesigen Klöppel mal ordentlich dagegen. Diese Art Betäubung. Hallt rund eine Woche nach.»

Rufe bei der Ärztin an. Die Sprechstundenhilfe fragt, was ich habe.

Sage: «Uaahhhwwwlallwahlallaschwuaschgmpfflwhaa...äää ääähhhh.»

Sie meint: «Hm, das haben ja im Moment praktisch alle.»

Röchle: «Genau. So Grippe eben.»

«Neenee, das ist nur ein grippaler Infekt. Richtige Grippe ist noch viel, viel schlimmer.»

Na toll. Teile ihr mit, keinen Wert auf ihre Vordiagnosen zu legen. Das wollen wir doch mal lieber der Ärztin überlassen, und überhaupt sei so was am Telefon ja wohl nicht seriös zu beurteilen.

Die Sprechstundenhilfe entschuldigt sich für ihre Vorwitzigkeit. Es gebe aber einen Schnelltest, mit dem man mit an Sicherheit grenzender Wahrscheinlichkeit feststellen könne, ob es Grippe oder grippaler Infekt sei. Ich solle mich doch einmal nach vorne beugen, meinen Kopf durch die gespreizten Beine stecken und versuchen, mir selbst in die linke Hacke zu beißen.

Lege den Hörer zur Seite. Bewege den Kopf langsam nach vorn, Richtung Beine. Verliere das Gleichgewicht, stürze ins Altpapier und rocke dann mit meinem Hintern scheppernd das Altglas. Höre aus dem Hörer ein lautes und fröhliches Lachen. Ziehe mich zum Telefon, stöhne: «Ich hab's leider nicht geschafft. Heißt das, ich habe doch die richtige Grippe?»

Sie lacht immer noch. «Nein, nein. Für den Grippe-Schnelltest bräuchten wir selbstverständlich eine Speichelprobe. Das war nur der Schnelltest, ob Sie eine miese Körperbeherrschung haben und ein Idiot sind. Glückwunsch, beides trifft zu. Ist aber nur vorläufig, eine genaue, seriöse, endgültige Diagnose kann natürlich nur die Ärztin stellen.» Dann gibt sie mir einen ganz schnellen Termin. Ich glaube, sie mag mich.

Mir wird schwindlig, als hätte erneut jemand mit einem riesigen Klöppel auf diesen großen Klangeimer auf meinem Kopf geschlagen. Sinke zurück ins Altglas. Lächle. Rufe mit letzter Kraft zur Freundin: «Mein Plan ist es, innerhalb der nächsten zwei Stunden wieder aufzustehen und zur Ärztin zu gehen. Würdest du, wenn ich die Wohnung verlasse, bitte kontrollieren, ob ich Kleidung trage?»

Sie sagt irgendwas, was ich wegen des Dröhnens der Klangschale nicht verstehe.

Rufe zurück: «Ach ja, und falls ich innerhalb von vierundzwanzig Stunden nicht zurück bin, habe ich die Sprechstundenhilfe geheiratet und bin mit ihr durchgebrannt.»

Die Freundin meint: «Alles klar, vergiss aber deinen Reisepass nicht!»

Dann schlägt der Klöppel wieder zu.

Unbestimmte Zeit später sitze ich mit meinem grippalen Infekt im Wartezimmer. Um mich herum nur Menschen, die sich offensichtlich mindestens genauso elend fühlen wie ich. Niemand sagt etwas, und doch hört man im Raum so eine Art Summen. Als würden sich all unsere Viren angeregt miteinander unterhalten:

– Und wie geht's dir so?
– Ach, ich kann nicht klagen. Seit ich beim Evers untergekommen bin, ist alles geschmeidig. Ich kleistere ihn mit Schleim zu, verpasse ihm Fieberphantasien und lasse ihn nachts nicht schlafen. Das Übliche eben. Routinejob.
– Ja, muss ja, ne. Ich mach hier auch nichts groß anderes.
– Genau, das übliche Tagesgeschäft. Wenn du willst, komm doch mal vorbei. Für so einen kernigen Nebenvirus ist hier beim Evers immer Open House.
– Gern, klingt nett.
– Ja, kannst ruhig eine Weile bleiben. Hier lässt sich's leben.
– Neenee, ich bleib ja nie lange. Wenn du einen Virus mit richtig Sitzfleisch suchst, dahinten ist ein Influenza A/H3N2. Der Buddha unter den Grippeviren. Wenn der erst mal irgendwo sitzt, dann sitzt er. Den kriegste so schnell nicht wieder weg. Es gibt Kollegen, die behaupten, so ganz geht der überhaupt nie wieder …

Fühle mich unwohl. Versuche Sudokus zu lösen. Die Zahlen verschwimmen mir vor den Augen. Meine Nachbarin meint: «Ich habe die Zeitschrift zu Hause. Das Sudoku habe ich schon gemacht. Die Lösungszahlen sind null, eins, zwei, drei, vier, fünf, sechs, sieben, acht und neun.» Bedanke mich und setze mich um. Ihren grippalen Infekt möchte ich mir nun wirklich nicht einfangen.

Sollte zur Ablenkung etwas weniger Anstrengendes als Sudokus machen. Vielleicht atmen. Ein-aus-ein-aus-ein-ein-ein … Mist, diese Atmerei ist irgendwie auch zu anspruchsvoll. Der riesige Klöppel schlägt wieder gegen die imaginäre Klangschale auf meinem Kopf. Endlich. Falle erneut in Trance. Als das Vibrieren nachlässt, sitze ich schon im Behandlungsraum. Die Ärztin schaut nachdenklich. Redet mit mir. Wie lange wohl schon?

«Also, ich verschreib Ihnen dann erst mal was gegen die Kopfschmerzen.»

«Na ja, richtige Kopfschmerzen habe ich eigentlich gar nicht. Es ist mehr so eine Kopftaubheit.»

«Glauben Sie mir, Sie werden auch noch erhebliche Kopfschmerzen bekommen. Ganz erhebliche.»

«Hm. Können Sie mir schon sagen, was ich habe?»

Ihr Blick wird noch ernster. Sie grübelt, tippt einiges in ihren Computer.

«Noch nicht. Aber machen Sie sich keine Sorgen. Wenn Sie sich einfach ein wenig ruhig verhalten, wird Ihnen nichts passieren. Ich hole Ihnen mal einen Grippetest aus dem Labor.»

Sie verschwindet durch die Tür. Ich stürze zu ihrem Schreibtisch, um auf dem Monitor zu lesen, was sie gerade so nachdenklich besorgt geschrieben hat. Donnere mit voller Wucht mit dem Kopf gegen die tiefhängende Schreibtischbeleuchtung. «Au!!!» Schiebe meinen dröhnenden Schädel nun vorsichtig Richtung Computer und lese: «Sehen Sie, ich habe doch gesagt, Sie sollen sich ruhig verhalten. Das Rezept gegen Kopfschmerzen liegt vorne.»

Die lustige Ärztin kommt zurück. «Na bravo, durch Sie habe ich gerade eine Wette gegen Frau Kalkow, meine Sprechstundenhilfe, die mit Ihnen telefoniert hat, verloren. Immerhin bekomme ich so aber am schnellsten heraus, ob ein Patient gewillt ist, ärztlichen Anweisungen Folge zu leisten oder eben nicht. Frau Kalkow meinte, der Tiefe-Lampen-Test wäre bei Ihnen das Sinnvollste, um zügig ein Problembewusstsein zu schaffen.»

Reibe meinen Kopf. Die Sprechstundenhilfe hat tatsächlich über mich nachgedacht, sie muss mich wirklich sehr mögen. Lächle, bemerke dann erschrocken, dass die Ärztin offensichtlich die ganze Zeit weitergeredet hat.

«… Haben Sie das verstanden?»

«Äääh, ja, natürlich.»

«Schön, wenn Sie sich wirklich mal ein paar Tage richtig ruhig verhalten und Brühe schlürfen, geht das ganz von allein wieder weg. Sonst nehmen Sie halt Medikamente. Rezept liegt vorne, aber wenn Sie die Mittel nehmen, bitte unbedingt genau so, wie ich es Ihnen gerade erklärt habe.»

Ich nicke.

«Doch grundsätzlich wäre es sehr viel besser, wenn Sie sich und Ihrem Körper ein paar Tage völlige Ruhe gönnen würden. Warum sehen Sie diese Krankheit nicht einfach mal als Geschenk?»

Ja, warum eigentlich nicht? Immerhin gelingt es meinem Geschenk auch drei Tage später noch, mich stets aufs Neue zu überraschen. Vergleichbar vielleicht mit der Überraschung eines Boxers, der in Runde vier oder fünf staunt, dass es dem Gegner gar nicht langweilig wird, ihm immer weiter in die Fresse zu schlagen. Wenigstens zeigen die Medikamente Wirkung. Die metallene Klangschale über meinem Schädel hat sich nun in ein riesiges Popcorn verwandelt. Ein Popcorn, das allerdings noch im heißen Fett brutzelt, und niemand kann sagen, wann es explodiert. Irgendwann muss es aber explodieren. Das hoffe ich zumindest, also so wie man auf eine furchtbare, unkontrollierbare Katastrophe hofft, nur damit sich mal etwas verändert. Vielleicht hätte ich die Ärztin doch noch einmal fragen sollen, wie genau die Medikamente einzunehmen sind.

Als mein Freund Peter mich besucht, achte ich peinlich darauf, dass wir uns nicht zu nahe kommen, er nichts berührt oder auch nur streift, mit dem ich Kontakt gehabt habe.

«So einen schlimmen, schlimmen grippalen Infekt, wie ich ihn habe», erkläre ich, «nach einstimmiger Expertenmeinung übrigens ein grippaler Infekt, der von einer richtigen und ungewöhnlich bösartigen Grippe eigentlich nur durch die Bezeichnung zu unterscheiden ist, also den wünscht man wirklich seinem ärgsten Feind nicht.»

Peter stutzt kurz, meint dann: «Och, ich schon.»

«Was?»

«Na, ich würde das meinem ärgsten Feind eigentlich schon gönnen. Aber hallo!»

Er ist plötzlich ganz aufgeregt und erklärt mir, er habe übermorgen Vormittag zufällig ein Treffen mit Mitarbeitern der Investorengruppe, die das Haus, in dem er wohne, gekauft habe. Jetzt würden die wohl aus allen Wohnungen Ferienapartments oder Eigentumswohnungen machen wollen. Peter findet, ich könne doch gut mitkommen zu diesem Termin, als sein Rechtsbeistand oder so. Um dann als Zeichen unseres guten Willens all diesen Mitarbeitern mal kräftig die Hand zu schütteln.

Ich winke ab. «Ich bin viel zu krank. Ich kann die Wohnung höchstens verlassen, um zur Ärztin oder zur Apotheke zu gehen. Wenn ich getragen werde, schaff ich's vielleicht auch bis zum Friedhof.»

Peter lässt nicht locker. «Du darfst dich nicht der Verantwortung entziehen. Das Schicksal hat dir diesen Virus nicht ohne Grund geschenkt. Es ist deine heilige Pflicht, mit ihm für eine bessere Welt zu kämpfen. Im Prinzip bist du jetzt ein biologischer Kampfstoff.»

«Du meinst, ich bin so was wie ein Grippe-Mudschahed?»

«Nee, mehr so was wie Spiderman. Aber statt einer mutierten Spinne hat dich eben ein mutierter Schnupfen gebissen. Sozusagen. Und jetzt hast du virale Superkräfte, die du aber noch nicht richtig kontrollieren kannst …»

Für einen kurzen Moment überlege ich, ob die Ärztin dies vielleicht mit dem Geschenk gemeint haben könnte. Und wem ich alles so wirklich gern mal die Hand schütteln würde. Ich lächle. Dann jedoch explodiert endlich das riesige Popcorn auf meinem Kopf.

«Hui, das riecht aber komisch!», sagt die schöne Paketpostbotin, als sie mir das Päckchen überreicht.

Murmle: «Ich weiß» und gebe ihr das Nachporto. Ich kenne
diesen Geruch und das Nachporto schon seit vielen Jahren.

Vor mehr als zwei Jahrzehnten war ich mit meiner dama-
ligen Freundin bei ihren Eltern in Franken zu Gast. Zum
Frühstück gab es eine eigenartige Wurst, die ich nicht essen
wollte, die mir die Mutter der Freundin dann aber irgendwie
auf meinen Wecken draufgeredet hat. Die Wurst schmeckte
mir nicht besonders, eigentlich gar nicht, doch aus Höflichkeit sagte ich auf Nachfrage: «Ganz gut … eigentlich.» Das
war, im Nachhinein gesehen, ein schwerer Fehler.

Die Mutter der Freundin interpretierte dieses «Ganz gut …
eigentlich» offenbar als einen emotionalen Ausbruch des
Entzückens und wandelte es für sich in die Gewissheit um:
«Er liebt diese Wurst, ohne sie kann er praktisch überhaupt
gar nicht mehr leben!» Seitdem schickt sie sie mir in regelmäßigen Abständen aus Franken zu. Und während sich die
Tochter bereits vor fast zwanzig Jahren von mir getrennt hat,
sind mir Mutter und Wurst bis heute erhalten geblieben.

Das ist nicht ungewöhnlich. Ich habe mich von mancher
Frau oder, besser gesagt, manche Frau hat sich von mir im
Laufe meines Lebens getrennt, aber die Mütter haben mir
fast alle bis zum heutigen Tag die Treue gehalten. Ich bin so
eine Art Lieblingsfreund für Mütter. Diese Freundin, Meike,
bot seinerzeit sogar an, mir unsere gemeinsam angeschaff-
te Comicsammlung zu überlassen, wenn ich im Gegenzug
bereit wäre, der Mutter gegenüber auf unbestimmte Zeit als
amtierender Freund aufzutreten. Dadurch hielt Meike den

nachfolgenden Freunden schön den Rücken frei, und die Mutter hatte jemanden, dem sie von Zeit zu Zeit Wurst schicken konnte. Erst als Meike schwanger wurde, erwies sich diese Konstruktion als zu kompliziert, und sie stellte ihren neuen Freund nun doch zu Hause vor.

Das hinderte Meikes Mutter aber nicht daran, mich weiterhin sehr zu mögen und, noch wichtiger, mir auch weiter Wurstpäckchen zu schicken.

Die Wurst ist übrigens eine Chicorée-Salami, eine regionale Spezialität, die es praktisch nur noch in der Metzgerei dieses Dorfs bei Kulmbach gibt. Das heißt, eigentlich gibt es die auch dort schon lange nicht mehr, da der Metzger sie normalerweise nicht mehr produziert. «Die schmeckt einfach keinem!», soll er zur Begründung gesagt haben, als er sie aus dem Sortiment nahm. «Du bist der Einzige», so hatte die Mutter mir nicht ohne Stolz berichtet, «der diese Chicorée-Salami über alle Maßen liebt. Weshalb ich ja auch den Metzger immer wieder überrede, ein paar dieser Würste speziell für dich anzufertigen.»

Daher kommen ungefähr alle halbe Jahre diese seltsam riechenden Päckchen bei mir an. Stets zu knapp frankiert, weil die Mutter der fragwürdigen Logik anhängt, dass sich Postboten bei Päckchen, bei denen Nachporto fällig wird, mehr Mühe mit der Zustellung gäben. Da sie ja noch Geld zu bekommen hätten.

Mein Versuch, das Wurstpäckchen-Problem unauffällig elegant zu lösen, indem ich einfach die Nachzahlung verweigerte und damit das Päckchen retour gehen ließ, ist vor vielen Jahren recht spektakulär gescheitert.

Meikes Mutter hat damals direkt meine Eltern angerufen und ihnen mitgeteilt, ich sei vermutlich verstorben. Ihre Wurst sei nämlich zurückgekommen. Hat sich dann im Übrigen beschwert, dies von einer zurückgekommenen Wurst erfahren zu müssen, man hätte ihr auch ruhig mal eine Karte schicken können.

Nachdem mich daraufhin meine Eltern angerufen hatten und ich sie mit etwas Mühe davon überzeugen konnte, dass ich noch am Leben war, rief ich wiederum bei Meikes Mutter an, um zu fragen, warum sie bei meinen Eltern und nicht direkt bei mir angerufen habe.

Hierauf meinte sie, die Vorstellung, bei einem Toten anzurufen, habe sie einfach sehr gruselig gefunden, worauf ich einwandte, dass ich ja gar nicht tot sei, was sie aber nur bestärkte: «Ja eben, dass du trotz deines Todes noch lebst, macht die Sache ja noch mal gruseliger.»

Seit diesem Erlebnis zahle ich einfach das Nachporto und arrangiere mich eben mit der seltsam riechenden Chicorée-Salami.

Meine heutige Freundin meint, ich solle vielleicht einmal ein offenes Wort mit Meikes Mutter reden. Ihr die Wahrheit sagen: dass ich sie schon mag, aber die Wurst eigentlich gar nicht. Doch das wäre schon rein mathematisch nicht sinnvoll. Ich würde quasi zugeben, sie zwanzig Jahre angelogen zu haben, bekäme also für einen Moment der Wahrheit ungefähr zwanzig Jahre Lüge raus. Das rechnet sich doch nicht. Auch die Mutter hätte nichts von der Wahrheit, im Gegenteil, ich würde ihr nur die Erinnerung an zwanzig gute Jahre mit guter Wurst versauen.

Also warte ich geduldig, bis meine Tochter irgendwann einen höflichen, schüchternen jungen Freund hat, dem ich dann ein paar Scheiben von dieser Chicorée-Salami aufs Brot quatschen kann. Und sobald er etwas sagt wie: «Ganz gut … eigentlich», ist er dran.

Nachtrag: Kürzlich fragte mich eine Leserin, ob alle meine Geschichten eigentlich so richtig wahr wären. Also, ob die genau so passiert seien oder ob ich mir nicht doch vieles einfach ausgedacht hätte. Beziehungsweise, da es ja vermutlich eine Mischung wäre, wie groß denn so durchschnittlich der Anteil von Wahrheit und der Anteil von Fiktion in meinen Geschichten jeweils sei. Da ich das recht häufig gefragt werde, möchte ich hier einmal die Gelegenheit nutzen und ein für alle Mal erklären: Alle meine Geschichten sind komplett wahr, zu einhundert Prozent, Wort für Wort.

Aber, diese Einschränkung gestehe ich zu, sie sind nicht ganz genau so passiert. Leider. Oder auch Gott sei Dank.

Das Problem ist, bei allem, mit dem man so den Tag über konfrontiert wird, erlebt man doch nur selten wirkliche Wahrheit. Meistens, das kennt jeder, passiert nur Zeug. Eigenartiger, skurriler, oft nerviger Kram. Überflüssiges, tagesaktuelles, bedeutungssimulierendes Realitätsgehupe. Die Wahrheit muss man sich da schon selbst dazudenken. Oder kurz gesagt: Wer Wahrheit sucht, wird in der Wirklichkeit selten fündig.

Dennoch fußen aber fast alle meine Geschichten auf tatsächlichen Erlebnissen – die dann noch von mir ein wenig mit Wahrheit ausgeschmückt werden. Der Anteil von Realität und Wahrheit variiert natürlich von Geschichte zu Geschichte. Aber um einen ungefähren Eindruck des üblichen Verhältnisses zu vermitteln, schildere ich jetzt mal das reine Erlebnis, welches zur «Chicorée-Salami-Geschichte» geführt hat, exakt so, wie es tatsächlich passiert ist. Die Realität ohne beschönigende Wahrheit:

«Hmm, das riecht aber gut!», sagt die schöne Paketpostbotin, als sie mir das Päckchen überreicht. Also genau genommen sagt sie nicht «Hmm», sondern eher «Hä», und auch nicht «Das riecht aber gut!», sondern «Das riecht aber!». Und es ist auch nicht die schöne Paketpostbotin, sondern ein offenkundig angetrunkener, unrasierter Expresspaketzusteller, der von seinem skrupellosen Arbeitgeber auf skandalöse Weise ausgebeutet wird, sich dafür aber bei ihm rächt, indem er abends Dinge isst, die dafür sorgen, dass sich ihm versehentlich zu nahe gekommene Kunden verzweifelt fragen, was dieser Mensch nur gegessen haben kann, dass seinem Atem noch am nächsten Tag eine derart furchteinflößende, betäubende Kraft innewohnt, die dem Inhalt des Pakets nun wirklich in nichts nachsteht. Zudem ist er selbst für einen Expresszusteller eher leger gekleidet. Ob sein Hemd nun eine Art Uniform, ein Pyjamaoberteil oder auch beides ist, bleibt unklar, ist aber für den reinen Akt der Paketzustellung natürlich irrelevant.

Nachdem er mir also mit den Worten «Hä, das riecht aber!» das Paket übergeben hat, teilt mir der Expresszusteller weiter mit, er sei übrigens der neue Mieter der Gewerberäume im Souterrain, habe heute Morgen für mich dieses Paket angenommen, von der schönen Paketpostbotin, aber weil das ja so rieche, jetzt noch mal geklingelt und sich, da ich durch die Gegensprechanlage geantwortet hätte, entschlossen, es mir einfach hochzubringen.

Nuschle freundlich: «Das dachte ich mir schon, dass Sie der neue Mieter der Gewerberäume unten sind.»

Er fragt, ob ich wisse, was in dem Paket da so stinke.

Ich sage: «Ja, ich weiß, was in dem Paket da so stinkt.»

Er wartet.

Ich warte auch. Denke, unglaublich, womit man so alles seine kostbare Lebenszeit verbringt. Frage ihn, was für ein Gewerbe er denn im Souterrain eigentlich ausüben wolle.

«Na, ein Dschuhs-Hostel.»

«Ein was?»

«Ein Dschuhs-Hostel, eine Unterkunft für jugendliche Berlinbesucher aus aller Welt, Dschuhs-Hostel! Noch nie gehört?»

«Doch, doch, aber so, wie Sie es jetzt ausgesprochen haben, hatte ich für einen Moment gehofft, Sie meinen tatsächlich ein Juice-Hostel, also so was wie eine Saft-Herberge, quasi eine Art Getränkelager. Eben junge Getränke aus aller Welt, die Berlin besuchen.»

Er schaut beleidigt, wie eine nicht gegessene Salatbeilage auf dem Steakteller. «Nee, ich mein aber ein Dschuhs-Hostel.»

«Hm, soweit ich den Laden da unten kenne, hat der höchstens zweihundert Quadratmeter. Ist das nicht ein bisschen klein für ein Youth-Hostel?»

«Ach, wenn man die beiden Kellerräume noch dazunimmt, sind das schon fast zweihundertfünfzig, und wenn man die Kosten gering hält, kann man auch mit nur zweiunddreißig Betten ein durchaus profitables Dschuhs-Hostel führen. Meine Devise ist: Klein, aber fein. Ich setze da mehr auf so einen familiären Charme.»

Überlege, ob familiärer Charme bedeutet, dass es schon vorher verwandtschaftliche Verhältnisse gibt, also bevor zweiunddreißig Personen auf maximal zweihundertfünfzig Quadratmetern gemeinsam wohnen, oder erst danach. Doch das ist vielleicht auch Privatsache. Frage ihn, ob er sich schon etwas fürs Frühstück in seinem Kellerhostel überlegt hat. Zufällig hätte ich nämlich Zugriff auf eine sehr exklusive fränkische Wurstspezialität.

«Klingt interessant», antwortet der zukünftige Herbergsvater. «Wie schmeckt die denn so?»

«Genau so, wie sie riecht!», sage ich und zeige aufs Päckchen. «Ich hab das Gefühl, das könnte genau Ihr Geschmack sein.»

Und so war es dann auch.

Die Drohung

Am Morgen liegt eine Leiche vor der Wohnungstür. Denke: Na wunderbar, das haste nu vom frühen Aufstehen. Da meint man, der Frühling steht vor der Tür, und stattdessen liegt da der Tod. Als wenn mich der Frühling nicht ohnehin schon immer irgendwie schwermütig machen würde. Das wird von einer toten Maus auf der Fußmatte ganz sicher nicht besser.

Erkundige mich bei Freundin und Tochter, ob vielleicht eine von ihnen eine tote Maus bestellt hat. Beide versichern mir glaubwürdig, dass dem nicht so sei. Sie glauben sogar, ich würde einen Scherz machen. Warum sollte ich? Sehe ich aus wie jemand, der vor sieben Uhr morgens Scherze macht? Wenn es nach mir ginge, würde ich vor sieben Uhr morgens gar nicht existieren.

Hole ein Kehrblech, schiebe die Maus drauf und zeige sie dann zum Beweis den beiden, die übrigens noch im Bett liegen. Es kommt zum Streit. Für die Uhrzeit ein viel zu lauter Streit. Zudem weiß ich gar nicht, ob Streit überhaupt der richtige Begriff ist, wenn nur die eine Seite die andere anschreit. Der Kern der an mich gerichteten Vorwürfe:

a) Ich sei eklig, würde

b) meinen Scherz bei weitem übertreiben und solle

c) doch um Gottes willen das Kehrblech gerade halten.

Wobei, wenn das jetzt wirklich sooo wichtig war, war es natürlich ziemlich dämlich, mich dermaßen anzuschreien. Klar, dass ich mich dadurch erschrecke. Also in einer Heftigkeit erschrecke, dass ich dann auch das Kehrblech unabsichtlich … also vor Schreck … wer kennt das nicht? Obwohl die Berührung nur ganz kurz war, musste ich später die gesamte Bettwäsche wechseln und die Matratzen ausklopfen. Dabei war es fast gar kein Kontakt, eher nur ein Streifen ohne wirklichen Verweilmoment. Aber bei Kleinnagern in der Wohnung oder im Bett zeigen Damen, gleich welcher Generation, ja tendenziell eher wenig Interesse an rationalen Bewertungen.

Mich bannte sowieso längst mehr das Rätsel. Ich weiß natürlich, dass tote Tiere beispielsweise in Mafiafilmen klare Botschaften transportieren. Ein toter Singvogel in der Post heißt, man spricht mal besser nicht mit der Polizei. Ein Pferdekopf im Bett, glaube ich, man soll sich von einer bestimmten Frau fernhalten, wohingegen ein abgestochener Ziegenbock im Kofferraum bedeutet – weiß ich jetzt gar nicht mehr genau, ich glaube, «Vorfahrt achten!» oder so etwas in der Art. Ich dachte also, was jeder vernünftige Mensch denken würde. Ich dachte: Was in Gottes Namen will mir die Mafia mit einer toten Maus auf der Fußmatte sagen? Doch obwohl ich daraufhin mehrere Mafiafilme sichtete, kam ich zu keinem brauchbaren Ergebnis. Beschloss schließlich: Die werden sich vertan haben. Kann ja mal passieren. Falsch verbunden sozusagen. Blöd nur für den, der in Kürze mit Betonfüßen in der Spree versenkt wird und sich zu Recht wundert, warum ihm eigentlich niemand vierundzwanzig Stunden vorher die obligatorische tote Maus auf die Fußmatte gelegt hat. Na, der wird sich ärgern. Seine Familie wird vom Verfall der Sitten sprechen. Solche Klagen führt man in diesen Kreisen ja schnell.

Ich hätte das Ganze bald wieder vergessen, wäre es nicht drei Tage später noch mal erheblich ekliger geworden. Da liegt nämlich erneut eine Maus auf der Fußmatte. Diesmal jedoch schon einigermaßen zerfetzt. In quasi vier Teilen läppert sie so über die Fußmatte. O guck mal, denke ich, die Mafia stottert!

Als ich aber die Mausteile aufs Kehrblech heben will, steht sie plötzlich direkt vor mir. Völlig regungslos, mit einem leicht angewiderten, fast spöttischen Blick starrt sie mich an und schnurrt gelangweilt: die Katze von Janni Schneider, der jungen Pharmaziestudentin, die vor drei Monaten im ersten Stock eingezogen ist.

Kurze Zeit später, also circa dreißig Sekunden später, spreche ich Frau Schneider auf diesen Vorfall an. Sie nickt traurig und schuldbewusst. So etwas habe sie leider schon befürchtet. Hildegard von Bingen, also ihre Katze, stromere im Hof rum und habe leider die Angewohnheit, Mäuse oder Vögel zu fangen und dann ins oberste Stockwerk zu bringen. Die Katze meine das als Geschenk. Sie, also Frau Schneider, habe leider auch keine Ahnung, wie man ihr das abgewöhnen könne. Ob es mich denn wirklich sehr störe, wenn mir Hildegard von Bingen alle drei, vier Tage eine tote Maus oder einen Vogel auf die Fußmatte legen würde?

Muss zugeben, dass ich dazu bislang noch gar keine so gefestigte Meinung habe.

An dieser Stelle sollte ich kurz erwähnen, dass ich ein Bauernhofkind bin. Der Tod von Tieren war für mich schon immer eine der normalsten Sachen der Welt. Mit fünf Jahren hatte ich meine erste, ganz bewusste Begegnung mit dem Tod. Das war, als der Zuchtbulle Apollo, den mein Großvater für unsere Kühe gemietet hatte, während seiner Arbeit einen Herzinfarkt erlitt und direkt verstarb. Ein schöner Tod, meinten damals viele im Ort. Aber was wissen die schon? Ich glaube ja, so schön ist das gar nicht. Außerdem kennen Lebende den Tod doch ohnehin nur vom Hörensagen. Und selbst das meist nicht aus erster Hand. Mich hat diese Todesursache seinerzeit jedenfalls einigermaßen verstört. Zumal mein Großvater mir zuvor erklärt hatte, der Zuchtbulle

Apollo würde mit unseren Kühen nur zusammen singen, und dadurch bekämen diese in einigen Monaten Kinder, also Kälber. Ich fand das völlig einleuchtend, und auch er dachte, dies sei eine kluge Erklärung, da Bulle und Kühe ja bei der Zucht einen gehörigen Lärm veranstalteten.

Nach Apollos Tod jedoch ergaben sich hieraus sehr viele Fragen für mich.

War es möglich, dass man durch gemeinsamen Gesang sterben konnte? Wie funktionierte dieser Tod durch Gesang? Galt das auch für Menschen? Und wenn ja, galt es nicht nur für das Sterben, sondern auch für das Kinderkriegen, bekamen also auch Menschen durch gemeinsamen Gesang Kinder? Und falls ja, warum hatten dann beispielsweise Cindy und Bert nicht Tausende von Kindern?

Mein Großvater erklärte mir später, Apollo sei einfach nur sehr müde gewesen. Aus Geldgier habe ihn sein Zuhälter, also der Besitzer des Zuchtbullen, einfach viel zu oft singen lassen.

Wie dem auch sei. Ich erlaube mir diese Abschweifung nur, um mein Verhalten zu erklären. Als Bauernhofkind, für das tote Tiere etwas völlig Natürliches, Normales sind, schlug ich nämlich vor, Hildegard von Bingen einfach einschläfern zu lassen und dafür eine neue, besser erzogene Katze zu besorgen. Das schien mir alles in allem sehr vernünftig und durchdacht.

Haben aber nicht alle so gesehen. Im Gegenteil. Plötzlich war ich der Böse. Bei Frau Schneider und auch in der eigenen Familie. Daher werde ich nun, zur Buße, etwas tun müssen, was ich meinem Großvater niemals hätte erklären können. Ich werde gemeinsam mit Frau Schneider und Hildegard von Bingen jemanden aufsuchen, von dem ich bis vor kurzem nicht mal wusste, dass wir einen gemeinsamen

Planeten bewohnen: einen Katzenpsychologen, der wohl, wenn ich es richtig verstanden habe, durch eine Art Hypnose Hildegard von Bingen davon abbringen will, tote Mäuse vor unsere Tür zu legen. Oder, wenn das nicht klappt, mich dazu bringen möchte, dass ich mich entweder über die toten Mäuse von Herzen freue oder sie gar nicht mehr sehe oder doch vielleicht sogar vor sieben Uhr morgens noch gar nicht existiere oder noch mal irgendwas anderes. Ich bin sehr gespannt.

Nur eines möchte ich noch erwähnen. Zwei unserer Kühe sind damals trotz allem noch schwanger, also trächtig geworden. Vom Erlös eines der beiden Kälber wurde später mein erstes Fahrrad gekauft, mit dem ich Fahrradfahren gelernt habe. Bis heute denke ich daher jedes Mal, wenn ich mich im Frühling wieder aufs Rad schwinge, welch hohen Preis Apollo einst dafür gezahlt hat, dass ich heute diese schöne Kunst des Fahrradfahrens beherrsche. Und auch deshalb macht mich der Frühling ohnehin schon immer ein wenig schwermütig.

So gut möchte man es auch mal haben

Während des Elternabends erfahre ich, dass es in gut zwei Wochen einen Studientag geben wird. Für die Lehrer. Für die Kinder bedeutet das schulfrei, und für die Eltern, dass sie sich überlegen müssen, wie sie die Kinder an diesem Tag versorgen. Ich mache nie große Pläne für solche Tage, irgendwas ergibt sich schon, oder man hängt sich einfach an die Ideen anderer dran. Andere Eltern sind da anders. Die haben manchmal sogar ganz ausgefeilte, raffinierte Pläne.

Bevor wir auseinandergehen, fragt mich Sergejs Vater sehr laut und quer durch den Raum, ob es denn stimme, dass ich mich bereit erklärt hätte, mit den Kindern am Studientag ins Schwimmbad zu gehen.

Antworte schlagfertig: «Häh?»

Er strahlt mich an: «Ja, wenn du sowieso den Tag über nichts zu tun hast, kannst du dir doch mal einen richtig schönen, entspannten Vormittag mit den Kindern im Schwimmbad machen.»

Ich präzisiere meine erste Antwort durch fassungsloses Schweigen.

Nun kommen auch alle anderen Eltern und beglückwünschen mich. «Was für eine schöne Idee! Mal tagsüber ins Schwimmbad gehen können, na, das ist doch toll. So gut möchten wir es aber auch mal haben.»

Finde meine Sprache wieder. Sage: «Ich will nicht ins Schwimmbad!»

Die anderen Eltern reden jetzt erheblich lauter, damit sie mich nicht hören können. «Das wird bestimmt nett im Schwimmbad. Für ihn doch auch ganz schön. Und so gesund.»

Rufe noch mal: «Ich will nicht ins Schwimmbad!»

Niemand hört mich. Die Eltern unterhalten sich angeregt und verlassen den Klassenraum: «So eine schöne Abwechslung, auch für ihn, ins Schwimmbad, der hat aber auch immer ein Glück.»

Die Tür fällt ins Schloss. Dann höre ich, wie sie schnell und kichernd weglaufen.

Meine Freundin ist am nächsten Abend total überrascht. «Hätte ich ja nicht gedacht. Du erklärst dich tatsächlich bereit, mit den Kindern ins Schwimmbad zu gehen?»

«Ich hab mich nicht bereit erklärt.»

«Die anderen sagen, du freust dich da total drauf.»

«Ich freue mich auf gar nichts, mir hört bloß keiner zu.»

«Also bitte, alle anderen sagen, du freust dich total. Nur du musst natürlich wieder deine Extrameinung haben. Hältst du es nicht für möglich, dass auch einmal die gesamte restliche Welt im Recht ist und ausnahmsweise du dich täuschst?» Sie lacht.

Na toll, da offensichtlich wirklich alle – außer mir – großen Spaß daran haben, wenn ich mit den Kindern ins Schwimmbad gehe, mache ich es eben. Wenn es furchtbar wird, habe ich wenigstens recht gehabt. Ein schlimmer halber Tag für einmal recht haben, das ist ein akzeptabler Kurs.

Rund zwei Wochen später bekomme ich am U-Bahnhof Möckernbrücke neun zehnjährige Kinder angeliefert. Nach dreißig Minuten bin ich mir nicht mehr sicher, ob der Kurs wirklich so gut ist.

Am Kottbusser Tor bemerkt Sergej, dass er seinen Schwimmbeutel auf der Bank an der Möckernbrücke liegen gelassen hat. Alle steigen aus und fahren die drei Stationen zurück. Dort wartet schon ein Mann vom Wachschutz neben dem

Schwimmbeutel. Er schimpft, redet von Bombengefahr. Wären wir nur fünf Minuten später gekommen, hätte er die Linie 1 sperren und den Beutel sprengen lassen. Dabei zwinkert er mir zu, die Kinder jedoch sind fasziniert.

Ich erkläre, es seien nur Schwimmsachen im Beutel.

Er lächelt: «Ah, tagsüber schwimmen gehen können. Ja, so gut möchte ich es auch gern mal haben.»

Nachdem wir zwei Stationen gefahren sind, teilt mir Karoline mit, jetzt habe sie ihren Schwimmbeutel liegen lassen. Allerdings absichtlich. Sie wolle das mit dem Sprengen mal sehen. Die Schwimmsachen habe sie deshalb auch extra vorher rausgenommen.

Die anderen Kinder sind begeistert. Wir steigen am Kottbusser Tor wieder aus und fahren erneut zurück.

Karoline fällt ein, dass ihr Name auf dem Beutel steht. Mitja vermutet, das sei ein Hinweis, mit dem die Polizei eine Beziehung zwischen dem Beutel und Karoline herstellen könne. Karoline wird unruhig.

An der Möckernbrücke ist weit und breit kein Beutel zu sehen. Jetzt weint Karoline. Ich beruhige sie, erkläre, dass vermutlich jemand den Beutel mitgenommen oder weggeworfen hat. Die Kinder jedoch sind nicht dieser Meinung. Sie verkünden lautstark, die Polizei suche sicher bereits nach Karoline. Akin weiß, dass in solchen Fällen direkt Interpol eingeschaltet wird, und Leo rät der zehnjährigen Karoline, vorerst lieber nicht mehr mit Kreditkarte zu zahlen oder irgendwo Fingerabdrücke zu hinterlassen.

Trotz allgemeiner höchster Erregung kann ich die Kinder überreden, ein drittes Mal Richtung Schwimmbad zu fahren.

Warum tue ich das?

Karolines Mutter ruft auf meinem Handy an. Sie habe auf

dem Weg zur Arbeit am U-Bahnhof Möckernbrücke den leeren Schwimmbeutel ihrer Tochter gefunden. Nun mache sie sich ein wenig Sorgen, ob bei uns alles in Ordnung sei.

Sage den einzigen Satz, den besorgte Mütter hören wollen: «Hier ist alles super, nur Karoline vermisst ihre Mutter ein bisschen.» Ein Satz, mit dem ich immer, bei allen Müttern, auf sehr gute Resonanz gestoßen bin.

Die Mutter lacht: «Ach ja, ihr habt bestimmt einen Mordsspaß, und da kann so ein Schwimmbeutel schon mal hopsgehen. Tagsüber schwimmen gehen können, so gut möchte ich es …»

Ich lege auf.

Zehn Minuten später sind wir tatsächlich am Schwimmbad angekommen. Ich bin erleichtert. Aber nur für sehr kurze Zeit. Denn bald schon werde ich mir wünschen, wir hätten den gesamten Tag zwischen Möckernbrücke und Görlitzer Bahnhof in der Hochbahn verbracht.

Das Schwimmbad ist voll. Aber so richtig voll. Logisch, schließlich ist Studientag, und deshalb sind jede Menge verbitterter Eltern mit ihren und anderen Kindern mal tagsüber im Schwimmbad.

Schon als wir den Umkleidebereich betreten, schlägt uns die erste Wolke warme, feuchte Schwimmbadluft entgegen. Es setzt direkt diese dumpfe Schwimmbadbetäubung ein. Mit Hitzewallung. Als würden einem auf den ganzen Körper frisch gebratene Spiegeleier gelegt. Nur von der Wirkung her ist es eben bei weitem nicht so erotisch.

Ich schwitze. Die Kinder schreien. Nicht aus Panik oder Freude. Mehr aus einer Art Tradition heraus. Wenn man im Schwimmbad ist, schreit man eben. Kinder haben ein feines Gespür für solche Traditionen. Ich schwitze. Will mich sofort umziehen, aber Akin hat sich am Ellenbogen gestoßen, muss erst getröstet werden. Sergejs Schließfach klemmt. Jule ist heiß. Mathilda kriegt ihre Doppelschleife nicht auf. Ich schwitze. Akin hat sich am Knie gestoßen. Selin hat Durst. Leo, Naomi und Karoline sind fertig, wollen endlich ins Schwimmbad. Sergejs Schließfach ist jetzt verbogen, Akin hat sich am Fuß gestoßen. Ich schwitze. Leo, Naomi und Karoline behaupten, sie seien schon seit bestimmt zwei Stunden fertig. Mitja will seine Badehose nicht anziehen, Mathilda weint wegen der Doppelschleife, möchte wieder nach Hause. Sergej prügelt auf sein Schließfach ein. Akin hat sich am Kopf gestoßen. Ich schwitze. Andere Eltern brüllen, wir sollten endlich den Umkleidebereich verlassen. Mathilda ist jetzt wieder komplett angezogen, will sofort raus. Sergej schreit mit hochrotem Kopf das Schließfach an. Akin hat sich den Rücken gestoßen. Mitja will in Unterhose ins Wasser. Selin sagt, ich sähe eklig aus, weil ich so derma-ßen schwitze …

Mir wird schwarz vor Augen.

Als ich wieder zu mir komme, sind wir plötzlich doch alle im Schwimmbad. Hätte ich das gewusst, wäre ich früher ohnmächtig geworden.

Aber es ist wahr. Wir sind wirklich im Schwimmbad. Merke es am Lärm. Jetzt ist es noch mal viel, viel lauter.

Denke: Würde man rund um den neuen Flughafen Schöne-feld ausschließlich Schwimmbäder bauen, würden sich die Passagiere der abfliegenden Flugzeuge wahrscheinlich über den Lärm der Schwimmbäder beschweren.

Mitja weint, weil ein anderes Kind gesagt hat, seine Bade-hose sei schwul. Sage Mitja, das sei Quatsch, Badehosen könnten nicht schwul sein. Und selbst wenn, eine schwule Badehose sei ja wohl nichts Schlimmes. Er solle den anderen einfach ignorieren.

Juri sagt, ihm sei langweilig, er wolle lieber bei mir sitzen. Sage: «Is' okay!» Akin hat sich eine Rippe gestoßen. Sergej will an sein Schließfach. Juri sagt, ich sei viel toller als sein Vater. Winke verlegen ab. Ein dreieckiger Mann kommt mit Mitja, fragt, ob ich Mitja gesagt hätte, er solle seinen Sohn verprügeln. Erkläre: Natürlich nicht, «ignorieren» hätte ich gesagt. Mitja meint, er habe gedacht, ignorieren und verprügeln, das sei das Gleiche. Der dreieckige Mann fragt, ob er mich auch mal ignorieren solle? Erkläre, sein Sohn habe gesagt, Mitjas Badehose sei schwul. Er meint: «Na und, das ist ja wohl kein Grund. Deshalb muss man sich doch nicht aufregen!»

Sage: «Na, wenn das so ist: Ihre Badehose ist übrigens auch schwul.»

Alle Kinder lachen. Auch das vom dreieckigen Mann. Er schaut sehr böse, regt sich dann aber tatsächlich nicht auf.

Juri sagt, er gehe nicht mehr zu seinen Eltern, er bleibe ab jetzt für immer bei mir. Bin ein bisschen beunruhigt. Akin hat sich am Brustbein gestoßen. Schicke ihn los, um alle zusammenzuholen, wir müssen aufbrechen. Als die anderen eintrudeln, fragen sie, wer eigentlich dieser Juri sei.

Rufe bewährt schlagfertig: «Häh?»

Meine neun Kinder gehen schulterzuckend zum Umkleidebereich.

Juri klammert sich an mein Bein, verkündet, er bleibe für immer bei mir.

Bitte Juri, er solle zu seinen Eltern zurückgehen. Juri weigert sich. Frage Juri, ob er mein Bein loslassen würde, wenn ich ihm ein Eis oder Pommes spendiere. Juri überlegt, sagt dann traurig: «Beides.»

Als ich Pommes und Eis kaufe, lacht der Kioskbesitzer: «Na,

Juri, haste wieder einen Doofen gefunden?» Juri schaut sehr zufrieden.

Beim Ausgang hat sich Akin das Handgelenk gestoßen. Frage Akin, ob es überhaupt einen Körperteil gebe, den er sich heute noch nicht gestoßen habe. Akin lacht. Dann stößt er sich das Ohr.

Als die dankbaren Eltern ihre Kinder vor dem Schwimmbad in Empfang nehmen, fragen sie, wie es war. Sage den einzigen Satz, den dankbare Eltern hören wollen: «War super, hat Spaß gemacht. Sind tolle Kinder!»

Weil ich ganz genau weiß, nur wenn ich das so und nicht anders behaupte, besteht die Möglichkeit, dass sich nächstes Jahr jemand anders bereit erklärt, mit den Kindern ins Schwimmbad zu gehen.

Original Berliner Bubble Tea

Bernhardt, ein vergleichsweise ziemlich weitläufiger Bekannter, hat ein neues Projekt. Er will einen original Berliner Bubble-Tea-Laden eröffnen.

Diese Lokalidee ist einfallsreicher, als es beim ersten Hören klingt. Zwar will auch er irgendwie Bubble Tea anbieten, wie es ja mittlerweile Tausende von Läden und Getränkebuden in dieser Stadt machen. Aber sein Bubble-Tea-Etablissement wird eben nicht so asiatisch daherkommen, sondern eher mit original Berliner Flair. Was die Einrichtung anlangt, aber vor allem auch die Getränke selbst. Bei ihm sind dann beispielsweise in dem Tee statt der Bubbeln so ganz, ganz, ganz, ganz kleine Fleischbouletten. Original berlinerisch eben. Aber viele unterschiedliche Farben werden die natürlich auch haben, und diese breiten Strohhalme, mit denen man die kleinen Boulettchen Stück für Stück rauszuppen kann, soll es sowieso geben. Das Ganze will er anbieten in den Geschmacksrichtungen: Kreuzberg, Neukölln, Friedrichshain, Marzahn und «Außerhalb des S-Bahn-Rings». Wie «Außerhalb des S-Bahn-Rings» schmecken soll, weiß er allerdings noch nicht. Wahrscheinlich vom Geschmack her eher dünn besiedelt. Auf Wunsch gibt es selbstverständlich auch Latte boulette macchiato to go. Weitere Variationen und Spezialitäten sind in Arbeit.

Auch ein Logo für das Berliner Bubble-Tea-Original gibt es schon: «BBO» steht drauf, und es erinnert ein wenig an «BBI», das alte Flughafen-Logo. Entwickelt hat es Peter, der mir von Bernhardts Idee erzählt hat. Er will mich überreden, in dieses Geschäft zu investieren. Peter selbst ist auch schon dabei. Er überlegt wohl tatsächlich, seine zweite Lebenshälfte – beziehungsweise das Mitteldrittel, wie es Peter selbst nennt – als Investor und Unternehmensberater, speziell für Jungunternehmer, zu verbringen.

Angefangen hat alles damit, dass in dem Kreuzberger Haus, in dem Peter Mieter ist, immer mehr Wohnungen in Ferienapartments umgewandelt wurden. Das ging ihm gehörig auf die Nerven. Nicht nur weil diese Umwidmung mittelfristig die Mietpreise hochtreibt, sondern auch weil die Partydichte erheblich steigt. Außerdem scheint das Prinzip der deutschen Mülltrennung wohl nicht allen Besuchern vertraut, nicht einmal die Basistrennung zwischen Mülltonne und Treppenhaus.

Eigentlich wollte Peter seine Wohnung deshalb möglichst teuer untervermieten und selbst, wie er es nannte, «billig in Süd-Tempelhof wohnen gehen» (Berliner Verlaufsform). Um mehr Miete nehmen zu können, plante er allerdings noch, die Dielen abzuschleifen. Er hatte jedoch kaum die Schleifmaschine angeworfen, da stand auch schon ein hessischer Familienvater vor der Tür: «Ich bin mit meiner Familie nur für eine Woche in Berlin – müssen Sie denn ausgerechnet in dieser Woche den Boden abschleifen?»

Peter äußerte Verständnis, meinte aber, er habe die Maschine nun schon gemietet, und irgendwann müsse er den Boden schließlich mal abschleifen. Der Familienvater bot ihm nach kurzer Diskussion hundertfünfzig Euro, wenn er dies eine Woche später tue. Peter willigte ein, unter der Bedingung, dass er zumindest noch das kleine Eckchen, in dem er nun schon angefangen habe, fertig machen dürfe.

Nur Minuten nachdem der Familienvater gegangen war, stand der Nächste vor der Tür, diesmal ein kanadischer Berlin-Urlauber: «Ich bin nur eine Woche in Berlin, können Sie nicht vielleicht nächste Woche ... dieses Abschleifen ist schon sehr laut ...»

Nach knapp zwei Stunden hatte Peter rund siebenhundert Euro von den verschiedenen Ferienapartment-Bewohnern seines Hauses zusammen. Eine Woche später kamen dank seines gewachsenen Verhandlungsgeschicks und noch größerer, lauterer Schleifmaschinen bereits über neunhundert Euro zusammen.

Mittlerweile lebt Peter ganz gut vom wöchentlichen Nichtabschleifen seiner Dielen. Ab und an ist es natürlich notwendig, die kleinen, bereits abgeschliffenen Flächen wieder mit Bodenfarbe zu überstreichen. Um sich sozusagen nicht seiner Geschäftsgrundlage zu berauben. Aber sonst läuft es ganz gut. Mehr noch: Peter überlegt schon, ob er das nicht als Gewerbe anmelden, also auch in anderen Mietshäusern mit vielen Ferienapartments sein lautstarkes Nichtabschleifen der Fußböden anbieten soll.

Aber wahrscheinlich ist er klug genug, sich mit einer Wohnung zu begnügen und die Überschüsse in andere erfolgversprechende Geschäftsideen zu investieren. Denn als künftiger Unternehmensberater weiß er natürlich auch: Zu viel Wachstum macht so ein junges mittelständisches Unternehmen ja oft schnell wieder kaputt.

Was nützt dem Wolf die Freiheit, wenn er das Schaf nicht fressen darf?

In Cottbus, Ecke Bahnhofstraße / Erich-Weinert-Straße, steht ein Mann an der Kreuzung und wartet. Als die Ampel grün wird, gehe ich rüber, er bleibt stehen. Gehe gegenüber in den Kiosk, und als ich wieder rauskomme, steht er immer noch da. Mehrere Grünphasen müssen mittlerweile vergangen sein, auch jetzt ist gerade wieder eine, links und rechts drängen sich die Leute an ihm vorbei, aber er bleibt einfach stehen. Als ich auf dem Rückweg wieder an ihm vorbeikomme, spreche ich ihn an:

– Entschuldigung, aber gibt es einen Grund, weshalb Sie bei Grün nicht die Straße überqueren?

Er schaut mich erschrocken an, sagt:

– Was nützt dem Wolf die Freiheit, wenn er das Schaf nicht fressen darf?

Ich denke, ach Gott ja, was frag ich auch. Will gerade weitergehen, als er plötzlich ruft:

– Entschuldigung! Fluss durch Luzern mit fünf Buchstaben?

– Was?

– Fluss durch Luzern mit fünf Buchstaben?

– Ähm, Reuss.

– Reuss?

– Ja, Reuss, wie der Fußballer, nur mit doppeltem «s».

– Welcher Fußballer?

– Marco Reus, Borussia Dortmund.

– Was hat der denn mit Luzern zu tun?

– Nichts, der Fluss heißt nur so.

– Welcher Fluss?

– Der durch Luzern.

– Oh, den suche ich, wissen Sie zufällig, wie der heißt?

– Reuss.

– Wie der Fußballer?

– Ganz genau, nur mit doppeltem «s».

Er holt ein Kreuzworträtsel raus, schaut, sagt dann:

– Nee, das kann aber nicht sein, das muss was mit fünf Buchstaben sein.

– Reuss ist mit fünf Buchstaben.

– Ja, aber nur, wenn man's auch so schreibt.

– Was?

– Außerdem haut das nicht hin. Das muss mit «H» anfangen.

Er zeigt mir das Kreuzworträtsel. Brauche einen kurzen Moment, da mehrfach mehrere Buchstaben in einem Kästchen stehen, aber dann erkenne ich das Problem.

– Das liegt daran, dass Sie bei männlicher Hase Haserich geschrieben haben. Das muss aber Rammler heißen.

– Ich weiß, aber ich schreibe nicht gern solche Worte.

– Bitte?

– Rammler, das schreib ich einfach nicht gerne, da schreib ich lieber Haserich.

– Ja, dann isses aber verkehrt.

– Ja, aber das isses mir wert.

Es wird grün. Er drückt mir plötzlich das Kreuzworträtsel in die Hand und rennt über die Kreuzung. Ich bleibe irritiert zurück. Es wird rot, dann grün, dann wieder rot. Ein älterer Mann spricht mich an.

– Entschuldigung, aber gibt es einen Grund, weshalb Sie bei Grün nicht die Straße überqueren?

Ich schaue erschrocken und sage:

– Was nützt dem Wolf die Freiheit, wenn er das Schaf nicht fressen darf?

Er lacht.

– Okay, kein Problem, der Fluss durch Luzern heißt Reuss, geben Sie mir einfach das Kreuzworträtsel, ich übernehme für Sie, dann könnse weiter.

Gebe es ihm und gehe langsam wieder meines Weges. Nach einigen Schritten höre ich es plötzlich laut hinter mir rufen:

– Was nützt dem Wolf die Freiheit, wenn er das Schaf nicht fressen darf?

Denke: Meine Herren, Cottbus ist doch sehr viel eigener, als man so meint, aber in Berlin glaubt einem das wahrscheinlich wieder kein Mensch.

Die Tafel

Der Hausmeister meiner früheren Grundschule schreibt mir, die Grundschule werde entkernt und zu einem Fitness-studio – inklusive Rückenschule – umgebaut. Ich will gar nicht darüber lamentieren, was es über den Wandel der Bevölkerungsstruktur in ländlichen Gebieten aussagt, wenn dort jetzt aus Grundschulen Rückenschulen werden. Ich möchte es nur einmal bemerkt haben.

Der Hausmeister jedenfalls hat so viele Mailadressen wie möglich von ehemaligen Schülern ausfindig gemacht, um diesen zu schreiben, dass er bald jede Menge Gegenstände aus der alten Grundschule bei eBay versteigern würde.

Und da war sie dann. Zwischen Flötotto-Stühlen und -Tischen, diversen Braunholzrollschränken und der Schnaps-matrizenmaschine leuchtete auf dem Foto: meine alte Schultafel. Die alte Schiefer-Grundschultafel aus Raum 24, unserem Klassenzimmer. Die Tafel, an der Herr Gühlke immer oben links die Zuspätkommer aufgeschrieben hat. Und auch die, die Unfug veranstalteten. Wo man den ganzen Schultag lang seinen Namen lesen konnte, wohl wissend, dass jeder, der dort aufgelistet war, am Ende mit einer Strafe bedacht werden würde. Die Tafel, vor der ich wer weiß wie oft verzweifelt und ahnungslos stand. Auf dem Holzboden, der, vom Angstschweiß von Generationen verwirrter, ori-entierungsloser Grundschulkinder längst mürbe und knorrig geworden, mit seinem gequälten Knarzen die lähmende Stille des Unwissens zu einer Dolby-Surround-Stille mach-te. Denn die stillste Stille wird noch sehr viel stiller und unheimlicher, wenn zwischendrin ein Boden knarzt. Und dieser Boden knarzte wie ein betrunkener, schnarchender Dachs.

Es löste Diskussionen aus, als die Spedition vor der Tür stand und ich der Familie gestehen musste, dass ich, einem inneren Drang folgend, bei eBay meine alte Schiefer-Grundschultafel («gut erhalten, wenngleich mit sichtbaren Gebrauchsspuren») ersteigert hatte. Für gerade mal 4,72 Euro! Plus dann allerdings noch mal 63,50 Euro Versandkosten. Die Familie vertrat die Auffassung, wir bräuchten gar keine Grundschultafel in der Wohnung. Es folgte eine hitzige, unerfreuliche Debatte.

Im Prinzip war es wie damals, als ich ein Modell der Melkmaschine ersteigerte, mit der ich in meiner Kindheit Kühe melken gelernt hatte. Auch da gab es schon diese halbgare Leier von wegen «Im vierten Stock ohne Tiere braucht man doch so eine Melkmaschine gar nicht wirklich» oder «Wenn du auch noch planst, eine Kuh zu kaufen, gibt es richtig Ärger». Tätä tätä tätä: Das übliche Zeug eben.

Alles, was recht ist, aber wenn man anfängt, so zu argumentieren, manövriert man sich früher oder später in eine Ecke, wo dann gar keine landwirtschaftlichen Nutzgeräte mehr gekauft werden. Aber egal.

Niemand wollte oder mochte die Tafel, weshalb ich sie in mein kleines Arbeitszimmer stellen musste.

Und dann begann es. Nachts hörte man plötzlich grausige, unheimliche Geräusche. Das Knarzen genauso wie dieses schlimme Geräusch nasser Kreide, die quietschend über die Schiefertafel gezogen wird. Ich rannte ins Zimmer, doch da war niemand, nicht einmal Kreide lag da.

Kurz darauf wurde es allerdings noch unheimlicher. Denn wenn ich morgens erst nach acht ins Zimmer kam, stand links oben an der Tafel mein Name. Der Name des Zuspätkommers. Wie von Geisterhand geschrieben. Vor acht war alles gut. Doch wehe, ich war auch nur eine Minute zu spät, dann stand dort mein Name, und alles an diesem Tag ging schief. Der Bus fuhr mir vor der Nase weg, Geschäfte schlossen Sekunden vor meinem Eintreten, in der Rathauskantine war mein Wunschessen, direkt bevor ich dran war, aus. Immer kam ich zu spät. Bei allem. Und nachts war das geheimnisvolle Quietschen der nassen Kreide noch mal lauter.

Es stellte sich heraus, dass ein Fluch auf meiner alten Grundschultafel lag. Das jahrelange Leid der Zuspätkommer hatte sich tief in die Seele der Tafel eingefressen.

Wir ließen einen Exorzisten für Grundschulgegenstände kommen, aber der meinte, es sei zwecklos. Der Fluch des Zuspätkommens sei schlicht unumkehrbar in die Tafel eingebrannt. Nur ihre völlige Zerstörung könne dafür sorgen, dass die, die mit ihr in Kontakt gekommen seien, nicht für alle Zeiten zu spät dran wären.

Also brachten wir sie schweren Herzens zum Recyclinghof, wo sie verschrottet wurde. Ein Teil meiner Kindheit. Einfach verschrottet.

So traurig hätte die Geschichte eigentlich enden können. Aber als ich hörte, dass ausgerechnet dieser Recyclinghof den allergrößten Teil der neugewonnenen, also recycelten Rohstoffe für den Bau des neuen Großflughafens Berlin-Brandenburg geliefert hat, bekam ich dann doch ein bisschen ein schlechtes Gewissen.

DIE BLÜTE DES VERFALLS

Der werfe die erste Rolltreppe

In der Zeitung gibt es wieder einen Bericht über den Flughafen Schönefeld. Man wird demnächst wohl eine weitere Verlegung des Eröffnungstermins bekannt geben. Wahrscheinlich wird es jetzt der Herbst 2014, oder sie verschieben es doch auf 2015 oder 2016 oder vielleicht gleich nach Leipzig. Zunächst sind sie aber noch damit beschäftigt, die Mängel aufzulisten. Das wird erst mal fünf oder sechs Monate dauern. Mindestens. Ich finde das gut. Das Ganze hätte auch viel schlimmer kommen können.

Im Sommer 2012, als dieser Flughafen ja eigentlich hätte eröffnet werden sollen, war schon alles vorbereitet. Einladungen verschickt, Catering organisiert, Kulturprogramm, Luftschau, Kinderfest. Es war alles, alles fertig. Insofern fand ich es einigermaßen umsichtig, dass die Betreiber so vier oder fünf Wochen vor der Eröffnung sich doch einmal den Flughafen angeguckt haben. Wie weit der denn eigentlich ist. War mir sehr sympathisch, weil ich das immer ganz genauso mache. Kurz bevor es losgeht, einmal durchatmen und in Ruhe gucken: «Haben wir auch wirklich alles? Ist an alles gedacht? Gibt es Brandschutz? Sind auf allen Gebäuden Dächer?»

Denn das wäre noch viel peinlicher gewesen. Den Flughafen eröffnen und nach zwei, drei Tagen Betrieb guckt einer hoch und sieht: «Ach, kein Dach!» Dann wäre es richtig unangenehm geworden. Man hätte ja nicht mehr sagen können, dass man nicht fertig geworden sei, eben weil man bereits eröffnet hätte. Also hätte man sich Begründungen aus den Fingern saugen müssen, Sätze wie: «Ja, das ist eben so ein offenes Konzept. Ohne Grenzen, ohne Dach, denn es ist ja ein Flughafen, da wollten wir eine direkte Verbindung zum Himmel herstellen. Ohne störendes Dach, ein ganzheitlicher Flughafen, bei dem man sich schon während des Eincheckens in der Schlange freut: ‹Guck mal, da oben, im Himmel, da bin ich gleich! Ist auch frei gerade, wie schön!› Natürlich ist hierauf, auf diese ‹Ohne-Dach-Vision›, auch unser gesamtes Brandschutzkonzept abgestimmt. Es muss halt regnen, aber dann greift alles ineinander.»

Solche Erklärungen wären mir noch viel unangenehmer gewesen. Da finde ich den jetzigen Umgang ehrlicher und würdevoller. Gut, den Hauptbahnhof hat man seinerzeit auch eröffnet, obwohl das Dach nur halb so lang wie der Bahnsteig war. Aber in der Innenstadt ist es auch nicht so windig wie in Schönefeld. Da macht so ein bisschen Regen den Reisenden praktisch nichts aus. Wie überhaupt der Überdachungswahn bei Bahnhöfen und Bahnhofsvorplätzen noch mal ein ganz anderes Thema ist. Der allgegenwärtige Überdachungswunsch geht ja mittlerweile so weit, dass schon Bahnhöfe für horrende Summen unterirdisch gebaut werden, um wirklich die totale Überdachung sicherzustellen. Mit staatlicher Beteiligung. Nicht wenige sprechen schon vom Überdachungsstaat.

Doch das ist ausnahmsweise mal nicht ein Problem von Schönefeld. Rund zwanzigtausend Mängel hat man bisher festgestellt. Teilweise ziemlich spektakuläre wie die zu kurzen Rolltreppen. Davon gibt es wohl mehrere zwischen den einzelnen Stockwerken. Viele Berliner fragen sich, wie so etwas passieren kann. Ich nicht. Ich kenne solche Phänomene durchaus von manchem Ding, das ich in meinem Leben gebaut habe. Auf einmal fehlt irgendwo ein Stück. Das geht ganz schnell. Auch und gerade bei Rolltreppen. Wer hat das denn noch nicht erlebt? Ein Zollstock misst halt nun mal nur zwei Meter. Da muss man natürlich anhalten, nach zwei Metern. Dann hat man gerade keinen Bleistift, also hält man den Daumen hin, und während man den Zollstock weiterschiebt, muss nur mal einer was rufen, man dreht sich leicht, der Daumen rutscht in der Bewegung ein bisschen nach oben und: zack!, fehlt später so ein Stück. Also ich würde sagen, wem das noch nicht passiert ist, der werfe die erste Rolltreppe.

Ich fände es wirklich spannend, diese Rolltreppen mal zu sehen oder auch die absackenden Böden. Wäre auch bereit, dafür zu zahlen. Ich glaube, viele andere Menschen ebenfalls. Ich kenne einige. Mit entsprechenden Führungen könnte man da sicherlich ein Gutteil der Mehrkosten wieder auffangen. Zumal das Licht ja ohnehin Tag und Nacht brennt.

Das war auch ein Mangel, den ich faszinierend fand. Als die Bauleitung mitteilen musste, sie wisse leider nicht, wie man das Licht ausmachen könne. Solche Probleme sind doch auch Chancen. Daraus könnte man eine schöne «Challenge» entwickeln, wo Menschen aus aller Welt nach Berlin kommen, und jeder versucht mal, hier am Flughafen das Licht auszumachen. Viele kämen bestimmt mit eigenen Schalterkonstruktionen. So was wäre ein Ereignis. Man könnte einen richtigen Bürgerflughafen propagieren, bei dem jeder mitbauen darf.

Aber wahrscheinlich werden sie einfach heimlich weiterbauen. Das wird auch gehen. Irgendwann werden sie es schon schaffen. Davon bin ich überzeugt. Irgendwann wird irgendwo irgendwie irgendwas eröffnet werden. Es ist noch immer irgendwo irgendwie irgendwann irgendwas eröffnet worden. Man wird schon gar nicht mehr dran denken. Man wird beim Frühstück sitzen, die Zeitung blättern und plötzlich ausrufen:

– Ach, guck mal, jetzt haben sie's eröffnet!

– Was?

– Na, den Flughafen, jetzt ist er eröffnet.

– Welcher Flughafen?

– Na, der Flughafen, weißte doch, hat doch Opa immer von erzählt …

– Was ist denn ein Flughafen?

– Na, früher, wenn man verreisen wollte, da gab es so Flugzeuge, und für die brauchte man einen Flughafen, und der ist jetzt eröffnet.

– Ach. Und machen sie das mit den Flugzeugen dann auch wieder?

– Nee, das wäre ja doof für die Umwelt. Nein, nein, sie schreiben, es sei der weltweit erste Flughafen, der schon bei der Eröffnung ein Museum ist. Das ging jetzt mal wirklich schnell.

Die Nazimeerschweinchen

Als ich kürzlich in alten Notizen blätterte, bin ich auf einen Entwurf für einen Roman oder Film gestoßen, den ich im Alter von sechzehn oder siebzehn Jahren angefertigt haben muss. Im Groben geht es bei der Geschichte um eine Gruppe von Neonazis, die irgendwie auf die Esoterikschiene geraten sind und nach Indien reisen. Dort erlangen sie Geheimwissen und finden heraus, dass die Seelen von Hitler, Goebbels, Göring und Himmler in den Körpern von Meerschweinchen wiedergeboren wurden. Zuvor hatte ihr Geist natürlich schon jede Menge andere Lebensformen durchlaufen, doch das wird nur am Rande mit so einem Rückblendezeitraffer erzählt.

Tatsächlich finden die Neonazis dann irgendwann die Tiere mit den Altnaziseelen, und ein wenig kann man die selbstverständlich auch am Äußeren erkennen. Also das Hitlermeerschweinchen hat eben diesen typischen Bart und bellt eher abgehackt, als dass es quiekt. Goebbels ist klein und zieht ein Bein nach. Die Schweine Göring und Himmler hingegen sind einfach furchtbar dick und strecken immer aufgeregt die rechte Vorderpfote aus.

Die jungen Rechtsradikalen machen dann die Nazimeerschweinchen zu ihren Chefs und wollen unter ihrer Führung die Weltherrschaft erringen. Der israelische Geheimdienst und der amerikanische Geheimdienst bekämpfen die Meerschweinchen, wollen sie gefangen nehmen und vor ein Gericht stellen. Es treten aber auch noch Tierschützer auf den Plan, und es entbrennt eine ethische Diskussion darüber, ob Tiere generell geschützt werden sollten, selbst wenn sie nachweislich Nazis sind. Am Ende spitzt sich alles zu, es explodiert sehr viel, und Meerschweinchen der Résistance besiegen mit Hilfe von Hamstern und Chinchillas die Nazi-tiere, die, wie sich zeigt, aus der Geschichte überhaupt nichts gelernt haben.

Der Film ist damals nicht realisiert worden. Insbesondere auch, weil kein Tiertrainer in der Lage war, aus einem Meer-schweinchen einen einigermaßen glaubwürdigen Hitler-Darsteller zu machen. Das Konzept des Rassismus und Rechtsradikalen ist Meerschweinchen einfach von Grund auf fremd. Man kann da praktisch gar nichts machen.

Heute allerdings, mit den modernen Möglichkeiten der Computeranimation, könnte man das Nationalsozialistische vielleicht einfach auf die Meerschweinchen draufrechnen lassen. Müsste eigentlich gehen. Oder man lässt heraus-ragende Schauspieler die Nazis darstellen und rechnet ihre Körper und ihre Mimik dann in Meerschweinchen um. Ein Bruno Ganz als pixelanimierter Meerschweinchen-Hitler beispielsweise. Eventuell müsste er das sogar nicht mal neu spielen, sondern man bearbeitet einfach das vorhandene Material. Also falls ein einflussreicher Filmemacher dies zu-fällig liest, Interesse hat und sich das zutraut: Ich könnte das Drehbuch jederzeit auffrischen.

Wohlfühlshopping

Am Bahnhof in Bernau gibt es ein riesiges Einkaufszentrum, an dessen Fassade ganz groß steht: «Wohlfühlshopping».
Es gibt so Wörter, die man einmal hört oder liest, und obwohl man eigentlich gar nicht richtig weiß, was das jetzt genau ist, machen einem schon diese Wörter an sich irgendwie Angst: «Triebkopfschaden», «Rentenversicherungslücke», «Leberzirrhose», «Currywurstsmoothie», «Wohlfühlshopping».
Einige Leute mit großen Einkaufstaschen steigen in unseren Regionalzug. Die haben offensichtlich am Wohlfühlshopping teilgenommen. Ein Kind quengelt, will noch schnell was aus dem Süßigkeitenautomaten auf dem Bahnsteig. Der Vater erklärt: «Du hattest schon Eis, einen Hamburger, einen Schokomuffin und Cola.» Das Kind brüllt: «Genau, nie krieg ich etwas aus dem Automaten!»
«Wohlfühlshopping». Natürlich nennen sie das nur so, um davon abzulenken, was Einkaufen wirklich ist. Nämlich Stress, nervend und teuer. Einkaufen kostet praktisch immer Geld. Klar, sonst hieße es ja auch Klauen. «Wohlfühlklauen». Schönes Wort, aber dafür wirbt keiner. Dabei gäbe es bestimmt einen Markt dafür.
Der berühmteste Revolver im Wilden Westen hieß «Peacemaker», also Friedensmacher. Ich finde, das ist formal so ähnlich wie «Wohlfühlshopping». Mogelnamen gab es schon immer und überall. Würde man den Peacemaker heute in Deutschland herstellen und in einem Einkaufscenter verkaufen dürfen, würde man ihn wahrscheinlich «Wohlfühlwumme» nennen.
Wenn die Bahn eine Umleitung fahren muss, nennt sie das seit einiger Zeit nicht mehr «Umleitung» oder «riesiger, lang andauernder Umweg», sondern «alternative Streckenfüh-

rung». Das durfte auch ich kürzlich bei einer anderen Fahrt erleben, mittels einer freundlichen Durchsage: «Wegen einer alternativen Streckenführung hat dieser Zug zurzeit eine Verspätung von circa hundertfünf Minuten. Im Bordbistro erhalten Sie daher kostenlose Freigetränke.»

«Kostenlose Freigetränke.» Ich an deren Stelle wäre ja lieber auf Nummer sicher gegangen und hätte gesagt: «Kostenlose Freigetränke für umsonst. Für Bahncard-Inhaber zusätzlich gratis. Bahncard-100-Kunden können alle Angebote kombinieren und erhalten weitere fünfzig Prozent Ermäßigung.»

Vielleicht heißt es demnächst auch im Krankenhaus: «Wegen eines alternativen Operationsverlaufs haben wir Ihnen statt des Blinddarms leider den linken Arm entfernt. Am Stationsautomaten bieten wir Ihnen daher Freigetränke an. Bitte nutzen Sie den Automaten mit der praktischen Einhandbedienung.»

In Cottbus gibt es ein großes Einkaufszentrum, das heißt schlicht und einfach «Blechen». Finde ich super. Ehrlich und anständig. «Blechen» – so muss man eine Kaufhalle nennen! Auch «Latzen» fände ich gut oder «Zahlemann und Söhne». Das würde mir gefallen. Nix mit «Paradies» oder «Arkaden» oder anderen Prunknamen. Stattdessen ein «Muss-ja-hilft-ja-nix-Kaufen» im «Dick-was-abdrücken-müssen-Center». Das wäre quasi eine Wahrhaftigkeit der Seinsbeschreibung menschlicher Konsumwirklichkeit, aufgrund der auch Heidegger mal ohne weiteres ein Paar Socken hätte kaufen können.

Flohmarktpädagogik

Bin mit der Tochter auf dem Flohmarkt. Sie hat sich extra etwas von dem Geld mitgenommen, das sie von den Großeltern zum Geburtstag bekommen hat. Offensichtlich hegt sie große Pläne. Gleich am ersten Stand entdeckt sie zwei Lucky-Luke-Comics. Der ungefähr vierzehnjährige Junge, der sie verkauft, will fünf Euro für die beiden Hefte. Ehe ich reagieren kann, hat die Tochter zugeschlagen.

Ich warte, bis wir uns ein paar Meter vom Stand entfernt haben, dann versuche ich, ihr ein paar grundlegende Flohmarktregeln zu erläutern: «Das gerade war nicht wirklich ideal. Du hättest noch handeln können.»

Sie verzieht das Gesicht. «Ich wollte die Hefte. Außerdem sehen die noch tipptopp aus, und neu kosten die einzeln sechs Euro.»

Ich beruhige: «Natürlich, ist ja auch in Ordnung. Aber das Handeln gehört bei einem Flohmarkt mit zum Spiel. Dann macht es noch mehr Spaß, und mit etwas Geschick hättest du die Comics auch für vier, vielleicht sogar für nur drei Euro bekommen können.»

Sie guckt skeptisch.

Ich erkenne eine schöne Möglichkeit, dem Kind spielerisch etwas fürs Leben beizubringen. «Man braucht da natürlich Fingerspitzengefühl. Verstehst du? Das ist eine große Kunst. Man muss die Verkäufer langsam weichkochen, sie zappeln lassen und dann: zack!, im richtigen Moment zuschnappen.»

Zehn Minuten später, einige Stände weiter, interessiert sich das Kind für einen großen Holzbauernhof mit einigen Tieren. Der ist wirklich sehr hübsch und gibt mir eine perfekte Gelegenheit, ihr zu zeigen, wie man mit einer funkelnden

Mischung aus Charme, Klugheit und kühlem Merkantilismus Herzen und Holzbauernhöfe gewinnen kann. Zunächst einmal muss man natürlich sein eigentliches Interesse, solange es nur geht, verbergen. Zeige also wahllos auf irgendetwas vom Stand und rufe der dahinter stehenden Verkäuferin zu: «Entschuldigung! Was wollen Sie denn für die große Steingutsuppenschale haben?»

Sie blinzelt mich an. «Diese Steingutsuppenschale ist Marmor, ein Aschenbecher und kostet zwanzig Euro.»

Ich erschrecke glaubwürdig dezent. «Ach, du meine Güte. Aber ich hab mich in die Maserung verliebt. Vorschlag: Ich gebe Ihnen fünfzehn Euro, und dafür bekomme ich dann aber noch irgendwas dazu. Was weiß ich, zum Beispiel diesen alten, abgeschrabbelten Holzbauernhof mit den paar Figuren da. Fürs Kind.»

Ihr Blick bekommt schlagartig etwas außerordentlich Gelangweiltes. «Also erstens: Jemand mit Ihrem Gesicht sollte sich hüten, andere Sachen abgeschrabbelt zu nennen. Zweitens habe ich vergessen, und drittens», sie zieht die Nase hoch, «der Holzbauernhof kostet dreißig Euro.»

Sehr schön, eine würdige Gegnerin. Sonst hätte ich dem Kind ja auch gar nichts beibringen können. Es soll nicht denken, alles sei immer ganz einfach, nur weil das bei mir so aussieht. Ich wähle nun eine Miene der professionellen Verständnislosigkeit. «Entschuldigung, aber dreißig Euro, bei aller Liebe – wollen Sie mich veräppeln?»

«Ich würde nie jemanden veräppeln, der Suppe aus einem Aschenbecher essen will. Sie haben es ja offensichtlich sonst schon schwer genug.»

Okay, genug des Vorgeplänkels. Ich erhöhe das Tempo. «Also gut, sagen wir zwanzig, und dafür verzichte ich auf den Aschenbecher.»

«Ich geb Ihnen Aschenbecher und Bauernhof zusammen für fünfzig.»

«Wie, fünfzig? Das ist dann ja gar kein Rabatt.»

«Dafür berechne ich Ihnen nichts für das Zusammenzählen der Preise.»

«Nur der Bauernhof für zweiundzwanzig, mein letztes Wort.»

Sie schaut mich durchdringend an. Ich bleibe freundlich, aber entschlossen im Blick. Das war's. Sie weiß es noch nicht, aber sie hat verloren. Sie zappelt schon im Netz. Jetzt muss ich es nur noch langsam einholen. Ihren Widerstand brechen mit einem jede Diskussion beendenden: «Na gut, fünfundzwanzig und fertig, dann haben alle gewonnen.»

Sie schaut mich an, öffnet quasi willenlos den Mund und sagt den magischen Satz: «Na denn eben nicht! Schönen Tag noch!»

Während sie auf die andere Seite des Standes schlurft, realisiere ich, dass das eigentlich gar nicht so richtig der Satz war, den ich erwartet hatte. Rufe reflexartig: «Sechsundzwanzig!»

Sie schaut nicht mal herüber.

«Siebenundzwanzig!»

Keine Reaktion.

«Achtundzwanzig fünfzig!»

Sie gähnt.

Die Tochter fragt: «Bist du jetzt gerade dabei, sie weichzukochen?»

Die Frau kommt langsam zurück, flüstert: «Dreißig, ohne Figuren. Und weil ich Sie so anziehend finde, darf ich Ihnen mal an den Hintern fassen.»

«Was?»

«Gut, den Hintern erlasse ich Ihnen und mir, aber das ist jetzt wirklich mein letztes Angebot.»

«Sie wollten mir doch gerade den Bauernhof schon *mit* Tieren für dreißig verkaufen.»

«Ja, aber der Preis ist gestiegen. Ist halt Angebot und Nachfrage.»

«Wie, Nachfrage? Da ist doch gar kein anderer Interessent.»

«Das kam telefonisch rein. Ein mysteriöser Bieter aus Übersee.»

«So ein Quatsch. Sie haben ja nicht mal telefoniert.»

«Das macht mein Assistent.» Sie zeigt nach hinten auf den geöffneten Kofferraum ihres Kombis, wo ein riesiger Bernhardiner liegt und schläft.

Nicht schlecht. Man muss auch anerkennen können, wenn man geschlagen wurde. Das gehört zum Spiel. Gebe ihr die dreißig Euro für den Bauernhof. Zufrieden steckt die Verkäuferin das Geld ein. Dann beugt sie sich zu meiner Tochter. «Komm, hier, die Figuren und Tiere schenk ich dir. Und weißte was, den Marmoraschenbecher geb ich dir auch dazu. Kannste deinem Vater verkaufen. Wenn du das geschickt anstellst, gibt der dir locker zwanzig oder fünfundzwanzig Euro dafür.»

Auf dem Heimweg bedankt sich meine Tochter, weil ich ihr beigebracht habe, wie man richtig auf dem Flohmarkt handelt. Ich gebe ihr zu verstehen, dass ich nicht darüber reden möchte.

Sie insistiert: «Nein, nein, ich habe das schon verstanden, dieses Spiel: guter Käufer, blöder Käufer. Du hast dich absichtlich doof und idiotisch angestellt, damit die Verkäuferin Mitleid mit dem Kind bekommt und mir am Ende die Sachen schenkt. Das war bestimmt nicht einfach für dich.

Den Blöden zu spielen. Aber die ist dir voll auf den Leim gegangen.»

Denke: Guck mal an, was für ein außergewöhnlich kluges Kind. Hat sie wahrscheinlich von mir.

Die schönsten Weihnachtsmärkte der Welt (Folge 26):
Der Christkindlesmarkt in Nürnberg

Auf dem Christkindlesmarkt in Nürnberg, dem wohl größten Weihnachtsmarkt der Welt, beobachte ich eine Gruppe norddeutscher Senioren, die sich vor einem der vielen Glühweinstände aufgebaut haben und spontan ein Konzert geben. Sie singen Weihnachtslieder und haben schon richtig viel Publikum angelockt. Das liegt zum einen an ihrer Lautstärke. Eigentlich brüllen sie die Weihnachtslieder mehr, als dass sie sie singen. Außerdem weichen ihre Versionen auch textmäßig ein wenig von den Originalen ab. Gerade singen sie: «Alle Jahre wieder / kommt der Bauersmann / auf die Bäurin nieder, / strengt sich tüchtig an.»

Wuchtig und fröhlich intonieren sie diese Zeilen. Besonders Kinder bleiben stehen und hören begeistert zu. Die Eltern hingegen versuchen, sie irgendwie weiterzuziehen, oder halten ihnen die Ohren zu. Nützt aber nicht viel. Die neun sturzbetrunkenen norddeutschen Senioren, die ich allesamt auf siebzig Jahre plus x schätze, singen aus voller Brust. Männer wie Frauen. Und sie können erstaunlich viele Strophen: «Mägde und auch Küüüühe / allehe kommen dran, / gibt sich ord'ntlich Müüüühe, / der bravehe Bauersmann.»

Gelernt ist gelernt, denk ich mal. Ein mittelalter Mann, wahrscheinlich der Reiseleiter, versucht verzweifelt, die Gruppe in Richtung Busparkplatz zu schieben. Aber die Senioren erweisen sich als genauso stand- wie trinkfest. Beflügelt von dem großen Publikum und gelegentlichem Szenenapplaus, sind sie offenbar fest entschlossen, den Rest ihres Lebens mit dem Singen schlüpfriger Weihnachtslieder auf dem Nürnberger Christkindlesmarkt zu verbringen.

Dann stimmt der Dickste von ihnen ein Solo an: «Mein

Tannenbaum, mein Tannenbaum, / lalalalalala, / du stehst nicht nuuuur zur Sommerzeit ...» und so weiter und so fort. Also zumindest ungefähr. Ganz genau ist der Text nicht zu verstehen, da sich seine Stimme vor freudiger Erregung immer wieder überschlägt. Zudem unterbrechen ihn die Seniorenfrauen ständig, brüllen lachend Sätze wie: «Glauben Sie dem Angeber kein Wort, von wegen Tannenbaum, richtig müsste der eigentlich singen: ‹Mein Stachelbeerstrauch, mein Stachelbeerstrauch, / man sieht ihn kaum noch unterm Bauch.›» Dann biegen sie sich alle vor Lachen.

Neben den Kindern sind vor allem ausländische Touristengruppen ganz aus dem Häuschen wegen der singenden Senioren. Eine größere Gruppe Koreaner filmt und fotografiert sich quasi die Linsen wund. Wahrscheinlich sind sie auf einer Ganz-Europa-in-vierzehn-Tagen-Reise. Sorgsam zusammengestellt. In jedem Land nur der absolute Höhepunkt, der exemplarisch für die Kultur eines ganzen Volkes steht. In Spanien die weltberühmte Architektur der Sagrada Família. In Italien die Kunstschätze des Vatikans, die Sixtinische Kapelle. In Frankreich das romantische Licht des Montmartre mit Sacré Cœur. In England die royale Anmut des Buckingham Palace. Und stellvertretend für Deutschland: sturzbetrunkene Senioren, die auf dem Christkindlesmarkt versaute Weihnachtslieder grölen. Jedes Volk ist anders. Wahrscheinlich werden dann all die lieben Verwandten und Bekannten, denen sie in Korea ihr Reisevideo zeigen, bei ihrer eigenen geplanten Europareise die gesamten vierzehn Tage in Deutschland verbringen wollen.

Zwei, drei Lieder später erscheint jedoch plötzlich die Polizei und macht dem Konzert ein Ende. Mitten in «Schwings Röckchen, schwingelingeling, / schwings Röckchen schwing. / Ist so kalt der Winter, / reib mir mal den Hintern» ist unweigerlich Schluss. Es gibt noch einen riesigen Applaus von den Koreanern, Russen, Amerikanern und den anderen Christkindlesmarktbesuchern, dann aber heißt es wirklich Feierabend für den Weihnachtschor.

Als ich kurz darauf sehe, wie die Polizisten offensichtlich die Personalien der Sänger aufnehmen wollen, beschließe ich, mich für die norddeutschen Senioren einzusetzen. Aber nachdem ich mich zu ihnen und den mit gezücktem Block und Stift dastehenden Beamten bewegt habe, höre ich nur einen der fränkischen Ordnungshüter sagen: «Entschuldigung, aber für unsere Weihnachtsfeier vom Revier, könnten Sie mir noch mal den Text von diesem ‹Alle Jahre wieder› mit dem Bauersmann diktieren?»

Ich hab's dann auch gleich mitgeschrieben.

Frischer Fisch

Donnerstagmittag. Sitze im Restaurant und überlege, was ich bestellen soll. Kann mich nicht gut konzentrieren, denn am Nebentisch oder, genauer gesagt, an den Nebentischen versucht sich eine Gruppe von so mitteljungen Leuten hinzusetzen. Noch sind es fünf, es werden aber wohl fünfzehn oder sechzehn Personen. Deshalb rücken sie hektisch die Tische hin und her. Offensichtlich in der Hoffnung, irgendwann, irgendwie eine Formation zu finden, bei der dann alle quasi an einem Tisch sitzen können.

Die Wirtin diskutiert mit einem Handwerker. Es geht um die Kühltruhe oder mehrere Kühltruhen. Der Handwerker sagt, er brauche erst die Ersatzteile, vor morgen könne er da gar nichts machen. Die Wirtin schimpft. Er bleibt unbeeindruckt: «Sie können gerne meckern. Kann ich gut verstehn. Würde ich auch. Aber machen kann ich trotzdem nichts. Ohne die Teile. Gar nichts. Ich kann hier gerne die ganze Nacht stehen, und Sie meckern. Mach ich ohne weiteres, wenn Ihnen das hilft und ich es bezahlt kriege. Nützt aber nischt. Ohne die Teile. Macht vielleicht Spaß, nützt aber nischt. Außer dass wir dann beide müde sind. Sonst nützt es nischt.»

Schaue auf die handgeschriebene Tafel mit den Tagesgerichten. Es stehen fast ausschließlich Fischgerichte drauf. Der Handwerker verlässt, vor sich hin brabbelnd, das Lokal. Die Wirtin schimpft ihm hinterher. Dann nimmt sie wütend die Kreide und schreibt auf die Tafel mit den Tagesgerichten: «Alles extragroße Portionen!»

Überlege, seit wann die Kühltruhe wohl kaputt ist.

Die Gruppe der Tischerücker hat sich jetzt auf eine Art Hufeisen geeinigt. Die Wirtin brüllt: «Das kann so nicht bleiben! Ich komm da nicht durch!» Das Diskutieren und Tischeschieben beginnt von vorn.

In Schöneberg, erinnere ich mich, hängt in einem Fischgeschäft ein Schild: «Fangfrischer Fisch aus Griechenland!» Als ich dieses Schild zum ersten Mal gesehen habe, habe ich überlegt, wie lange so ein Durchschnittsfisch eigentlich als fangfrisch gilt und wie schnell der wohl von Griechenland nach Berlin transportiert wird. Ob der Fischladen also nicht womöglich flunkert. Kurze Zeit später sah ich im Supermarkt auf einer Tiefkühlpackung Fisch wieder das Wort «fangfrisch», weshalb ich beschloss, nicht weiter darüber nachzudenken.

Bei den Tischerückern ist aus der Diskussion jetzt ein heftiger Streit geworden. Einer aus der Gruppe, offenbar ein Mathematiklehrer, besteht darauf, die Tische gemäß einer von ihm schnell angefertigten Skizze zu stellen, weil nur so, das sei von ihm errechnet, jeder einen Platz und die exakt gleiche Menge Tischnutzfläche habe. Seine Hauptgegnerin scheint Landschaftsplanerin zu sein. Mit hochrotem Kopf brüllt sie: «Es kommt auch auf die Harmonie im Raum an!», und verlangt deshalb eine sternartige Anordnung. Ein Sozialpädagoge hingegen schlägt vor, innen zu sitzen und die Tische einfach außen rum zu stellen. So hätte er in seinen Gruppen die besten Erfahrungen gemacht. Der Großteil der inzwischen dazugekommenen Leute steht jedoch hilflos da, mit den Getränken in der Hand, und schaut den Aktivisten beim wilden Tische-hin-und-her-Reißen zu. Einer macht einen Scherz, ob man die Tische nicht auch mehrstöckig anordnen könne. Der Versuch der humorvollen Entspannung schlägt aber fehl. Im Gegenteil, er verschärft eher den Konflikt und kanalisiert die Aggressionen kurzzeitig auf ihn.

Ich hefte meinen Blick an die Tafel mit den Tagesgerichten.

Mein Freund Peter erzählt immer wieder voll Begeisterung, er habe in Brandenburg kurz nach der Wende vor einem Café eine Tafel gesehen, auf der habe wirklich gestanden: «Heißer Kaffee! Täglich frisch!» Nun, so hat halt jedes Lokal seine Spezialitäten.

Die Wirtin kommt wieder fluchend aus der Küche. Sie wischt überall auf der Tageskarte «frischer Fisch» weg und schreibt stattdessen «panierter Fisch» hin.

Vielleicht nehme ich doch lieber nur einen Salat.

Oder ich gehe gleich woandershin, denn die Tischerücker brüllen mittlerweile alle wild durcheinander. Die Tische haben sie erst mal an den Rand geräumt und hocken nun in der Mitte auf dem Boden, um in einer Art Supervision doch noch eine Möglichkeit zu finden, wie alle zusammen an einem Tisch sitzen können.

Eine junge Frau will offenkundig etwas Abstand und fragt, ob sie sich so lange zu mir setzen dürfe. Um Konversation zu betreiben, frage ich sie, warum sich die Gruppe hier treffe.

«Ach, wir wollen eine Genossenschaft gründen und hier in Berlin zusammen ein Wohnhaus bauen.»

Denke, während ich sehe, wie die Landschaftsplanerin dem Mathematiklehrer ihr Weizenbier ins Gesicht schüttet: Ich hab da so ein Gefühl, dass das für alle Beteiligten eine sehr intensive, erfüllende Erfahrung wird. Ein chinesisches Sprichwort lautet: «Wo Neues entstehen soll, muss Altes zusammenbrechen.» Das Alte sind hier wohl die Bauherren.

Leben und Sterben auf der Berlinale

Bin mit der Freundin und Presseausweisen auf der Berlinale. Zum ersten Mal in meinem Leben bin ich dort offiziell akkreditiert. Das ist großartig. Im Berlinale Palast können wir einfach an der Schlange vorbeirauschen, zeigen unsere Plastikkärtchen und werden durchgelassen. Ein sensationelles Gefühl. Gehe sofort wieder rund zwanzig Meter zurück, um dann umzudrehen und noch mal mit meinem Kärtchen an der Schlange vorbei durch die Presseschleuse gleiten zu dürfen. Super! Das ist Savoir-vivre! Als ich zum fünften Mal diese Runde drehe, ist die Freundin schon ein bisschen genervt. Der Kontrolleur vom Berlinale-Team allerdings meint grinsend: «Ach, kommen Sie, lassen Sie ihn noch einmal. Es macht ihm doch so viel Spaß.»

Ein Mann von Welt. Der versteht mich. Lächle ihn freundlich an, als ich wieder rausgehe. Bin gerade die üblichen zwanzig Meter weg, als er plötzlich das Tor für die normale Schlange öffnet und das gesamte wartende Publikum eilig reinströmt.

Im Saal sind, als wir ihn erreichen, nun natürlich fast alle Plätze besetzt. Die Freundin schaut unzufrieden. Ich sehe es schon kommen: Wenn wir keine zwei freien Sessel mehr finden, werde ich wieder schuld sein. Irgendwie wird sie das so drehen.

Ein asiatischer Mann steht in der siebten oder achten Reihe und winkt uns heran. Keine Frage, er will, dass wir zu ihm kommen. Warum auch immer. Und er hat zwei Plätze für uns neben sich freigehalten. Wir drängeln uns zu ihm durch. Alle müssen aufstehen und sind sichtbar genervt. Dennoch lächeln sie dann das berühmte freundlich-verträumte Berlinale-Lächeln.

Als wir nur noch knapp zwei Meter von ihm entfernt sind, bemerkt er plötzlich die Verwechslung. Jetzt versucht er uns genauso hektisch, wie er uns hergewunken hat, wieder wegzuscheuchen. «No, no, not you, a misunderstanding, go away, go away, not you, go away again, please, please, go!»

Wir verstehen natürlich sofort sein Dilemma, tun aber selbstverständlich so, als würden wir nichts begreifen, setzen das freundlich-verträumte Berlinale-Lächeln auf und nehmen auf den freigehaltenen Sitzen Platz.

Er wird noch hektischer. «No, no, stand up, please, no, not you, go away, go away, please.» Er wirkt wirklich verzweifelt.

Wir bekommen doch ein schlechtes Gewissen. Mit einem Blick verständigen wir uns darauf, die Plätze zu räumen.

Der Mann winkt jetzt einem Pärchen am Rand zu. Beim Aufstehen schaue ich rüber und finde es fast schon eine Frechheit, mit denen verwechselt worden zu sein. Der Mann ist doch wohl viel kleiner und dicker als ich. Aber auch sonst, wirklich intelligent schaut der ja nun nicht gerade aus. Auch die Freundin ist sichtlich unzufrieden mit ihrem vermeintlichen Ebenbild. Unglaublich. Zur Strafe sinken wir sofort zurück in unsere Sessel.

Stimmt es also tatsächlich, dass wir Europäer für die Asiaten praktisch alle gleich aussehen? Na, das hat er jetzt davon. Wegen seines asiatischen Ethnozentrismus müssen seine Freunde nun stehen. Kann er während des Films vielleicht mal drüber nachdenken.

Dann geht das Licht aus, und der asiatische Mann gibt auf.

Nach rund einer Stunde merke ich, dass der Zuschauer rechts von mir eingeschlafen ist. Im schwachen Projektorlicht erkenne ich seine Akkreditierungskarte. Vom italienischen Fernsehen. Denke: Na toll, der wird mir ja einen schönen

Bericht über den Film machen. Sehe dann: Die Frau neben ihm schläft auch und der Mann dahinter ebenfalls. Die Leute vor und hinter mir genauso. Schaue mich um. Um Gottes willen. Das gesamte Kino schläft, selbst die Freundin und der asiatische Mann. Sogar die Jury. Alle schlafen. Ach du meine Güte. Die Weltöffentlichkeit schläft. Ich bin der Einzige, der diesen Wettbewerbsfilm noch sieht. Jetzt kommt's auf mich an. Nur ich werde von diesem ungarisch-französischen Film kompetent berichten können. Was für eine Verantwortung. Ich muss jetzt voll konzentriert sein, mir darf nichts entgehen.

Die Freundin stößt mich in die Seite. Sie zischt: «Sag mal, bist du eingeschlafen?»

Schrecke auf. «Nein, nein, ich bin nur passiv wach.»

Später, als wir nach dem Film in der Tür des völlig überfüllten Restaurants stehen und verzweifelt nach zwei freien Plätzen Ausschau halten, fragt sie mich noch mal: «Ich glaube, du bist vorhin während des Films doch eingeschlafen, oder?»

«Ja, schon, aber du glaubst nicht, was ich geträumt habe. Ich habe geträumt, alle anderen wären eingeschlafen und ich hätte als einziger Mensch der Weltöffentlichkeit diesen Film gesehen.»

«Ach.»

«Ja, und ich habe mir überlegt, vielleicht ist das so, wenn man stirbt: dass man dann auch denkt, man würde als Einziger noch leben und alle anderen wären tot.»

Die Freundin schaut mich an, lächelt ihr freundlich-verträumtes Berlinale-Lächeln und sagt: «Entschuldigung, was hast du gesagt? Ich war gerade passiv wach.»

Ich weiß nicht genau, was sie damit meint. Überlege, ob ich

nachfragen soll, als wir sehen, dass ganz hinten im Lokal der asiatische Mann vor zwei freigehaltenen Plätzen steht und uns zuwinkt. Wir machen uns auf den Weg. Wenn er in zwei, drei Jahren an diesen Berlinale-Tag denkt, wird er wahrscheinlich drüber lachen.

Letzte Sätze

Nicht selten sind die letzten Worte, die berühmte oder auch nicht so berühmte Menschen vor ihrem Tod gesagt haben sollen, Gemeingut geworden. Goethes «Mehr Licht!», Archimedes' «Störe meine Kreise nicht!» oder der schöne alte Witz über den letzten Satz eines Fluggastes: «Guck mal, ich kann mit meinem Handy die Landeklappen fernsteuern!», haben schon viele Menschen zum Nachdenken angeregt.

Humphrey Bogart soll tatsächlich als Allerletztes gesagt haben: «Ich hätte nicht von Scotch zu Martini wechseln sollen», während Bertolt Brecht mit einem sympathischen «Lasst mich in Ruhe!» abgetreten ist. Nur so mittelmäßig einfallsreich war Luis Buñuel, der gesagt haben soll: «Ich sterbe», womit er natürlich recht hatte, andererseits aber auch das Diesseits ein bisschen als Klugscheißer verlassen hat.

Kürzlich habe ich bei der Berlinale einen zweieinhalbstündigen ungarischen Film gesehen, in dem es praktisch nur um den letzten Satz von Friedrich Nietzsche ging. Also quasi. 1889 ist Nietzsche in Turin vors Haus gegangen, hat einen Kutscher gesehen, der auf sein Pferd eindrosch, sich schützend vor das Pferd gestellt und ist dann von einer Sekunde auf die andere in eine Art Wachkoma gefallen. Zehn Tage später hat der Philosoph wohl noch einmal einen hellen Moment gehabt und seinen berühmten letzten Satz gesagt: «Mutter, ich bin dumm.» Hernach verbrachte er seine restlichen Jahre schweigend in Demenz. Das alles ist bekannt. Der Film geht allerdings der interessanten Frage nach: Was ist eigentlich mit dem Pferd passiert? Wie ist es dem weiter ergangen?

Einen solchen Ansatz finde ich immer sehr lobenswert. Auch mal die andere Seite zu betrachten. Also bei Bergsteiger-Filmen zum Beispiel nicht nur von den Dramen und Tragödien der abgestürzten Bergsteiger zu erzählen, sondern auch mal zu überlegen, wie sich eigentlich der Berg fühlt, wenn da ständig Menschen von ihm runterfallen. Vielleicht leidet der ja darunter. Auch könnte man mal einen Bericht machen über die netten Vulkane, die nie ausbrechen und deshalb immer nur belächelt oder gar ignoriert werden, wogegen ihre cholerischen Kollegen wegen ihrer dauernden Unbeherrschtheit behandelt werden wie große Stars.

Meine Freundin zumindest hat diesen etwas weiteren Blick. Kürzlich, als ich wegen einer Fischvergiftung schwer leidend über der Kloschlüssel hing, hat sie tatsächlich nichts anderes gesagt als: «Oje, der arme Fisch.»

Im Berlinale-Film passiert dann übrigens zweieinhalb Stunden lang nichts. Also außer dass ein furchtbarer Sturm tobt, ein Bauernpaar Kartoffeln isst, sich mehrfach an- und wieder auszieht und das Pferd krank ist. Sonst nichts. Zwei-einhalb Stunden lang und alles in Schwarzweiß. Gesprochen wird so gut wie nicht, nur mitten im Film gibt es einmal sechs Minuten Gerede am Stück, auf Ungarisch. Direkt nach der Vorführung dachte ich … na ja, also eigentlich dachte ich nichts, und das wohl auch auf Ungarisch.

Einige Wochen später allerdings muss ich bilanzieren, dass ich schon mehrfach von dem Film geträumt habe, täglich denke ich mindestens einmal kurz an ihn und habe die Bilder dieses Bauernpaares oder des Pferdes vor Augen. Das ist keinem anderen Film in den letzten zehn Jahren gelungen. «A Turin Horse» heißt das Werk, es hat den Jurypreis bekommen, wird also wahrscheinlich noch mal irgendwo laufen. Also nur falls jemand Interesse hat, immer mal wieder von ungarischen Bauern in Schwarzweiß zu träumen.

Auf jeden Fall habe ich mir, nicht zuletzt wegen dieses Films, jetzt auch einen letzten Satz überlegt. Dieser Satz ist hervorragend: philosophisch, humorvoll und absolut geeignet, mich für immer als ganz schön intelligent in Erinnerung zu halten. Mein Problem ist nur: Wie kann ich sicher sein, dass ich ihn auch kurz vor meinem Tod sage? Ich meine, in solchen Situationen, also wenn man gerade stirbt, ist man doch oft mit seinen Gedanken ganz woanders. Werde ich mich da an meinen letzten Satz erinnern? Was, wenn ich sozusagen meinen Text vergesse? Wäre ja nicht das erste Mal.

Zudem gibt es das Problem, dass ich den Satz natürlich nicht schon vorher sagen darf. Dann wäre es ja eben nicht mehr mein letzter Satz. Meine unsterblichen, großen, finalen Worte.

Der naheliegendste Gedanke erscheint mir deshalb, das Sterben einfach mal vorher zu proben. Komplett, mit Regie, Schauspielern und Textbuch. Ist aber auch irgendwie schwierig, weil den Satz darf ich ja trotzdem nicht sagen. Außerdem wird es wahrscheinlich nicht leicht sein, den Schauspielern und dem Regisseur zu erklären, was wir da eigentlich proben. Also zumindest, wenn man nicht hinterher als recht verschroben gelten möchte.

Ich habe noch keine Ahnung, wie ich dieses Problem lösen soll. Womöglich geht's mir am Ende so wie Pancho Villa, dem mexikanischen Freiheitskämpfer. Der soll als letzten Satz zu einem Journalisten gesagt haben: «Oje, das geht zu schnell, bitte schreiben Sie, dass ich etwas gesagt hätte.»

Wobei man meiner Meinung nach darüber streiten kann, ob ihm der Journalist mit dieser Überlieferung jetzt seinen letzten Wunsch erfüllt hat oder eher nicht.

Aschenputtel de luxe

Schuhmacher, die heute noch richtig edle, elegante, perfekt sitzende, angenehme Schuhe aus feinsten Materialien anfertigen, stellen meist Herrenschuhe her. Ich finde das seltsam. Immerhin investieren Frauen nachweislich ungeheuer viel Energie, Geld, Herzblut und vor allem Lebenszeit (sowohl eigene als auch die von anderen) in die ewige Suche nach dem perfekten Schuh. Dennoch kommt kaum eine von ihnen auf die Idee, einfach mal zum Schuster zu gehen und sich ihren Traumschuh maßanfertigen zu lassen. Warum?

Auch gibt es unter den klassischen Schuhmachern nur ganz, ganz wenige Frauen. Wenn Frauen ins lederverarbeitende Gewerbe gehen, stellen sie Schmuck, Taschen oder Accessoires her. Schuhe so gut wie nie.

Als ich meiner guten Freundin Julia diese Beobachtung vor kurzem schilderte, zuckte sie nur mit den Schultern. Sie fände das logisch. Sie würde sich selbst auch auf gar keinen Fall als Kundin haben wollen. Nicht wenn es um die Maßanfertigung von Schuhen gehe. Denn Frauen, so erklärte Julia mir, hätten zwar eine ganz genaue Vorstellung von ihrem Traumschuh, könnten diesen aber nicht beschreiben, zeichnen oder auch nur skizzieren.

Das stelle ich mir kompliziert vor. Die Frauen haben also eine gewaltige, machtvolle, tief innewohnende Sehnsucht. Was genau diese Sehnsucht allerdings ist, wird vor ihnen geheimgehalten. Trotzdem sind sie dazu verdammt, nach der Erfüllung, dem Traumschuh zu suchen. Wahrlich kein weiches Brot.

Immer wieder gebe es Momente der Hoffnung, meinte Julia weiter, aber dann zeige sich doch stets, dass auch dieser Schuh an verschiedenen Stellen drücke. Letztlich sei das vergleichbar mit der Suche nach dem richtigen Mann. Wo man ja auch immer wieder hoffe, etwas Passendes gefunden zu haben, und die richtig schlimmen Stellen, an denen es drücke, erst merke, wenn man eine längere Strecke mit ihm gelaufen sei. Also im übertragenen Sinne jetzt. Manche würden ein Leben lang suchen. Andere hoffen, dass sich durch längeres Tragen alles irgendwie einlaufe. Und wieder andere würden an den Stellen, an denen es besonders schlimm drücke, einfach eine gewisse Hornhaut entwickeln. Aber die Sehnsucht bleibe. Immer und quasi unstillbar.

In der Schuhpsychologie spreche man daher auch vom sogenannten Aschenputtelsyndrom: die ewige Suche nach dem Prinzen, der den richtigen Schuh für einen habe. Einen solchen Prinzen gebe es aber natürlich nur im Märchen. Diese traurige Wahrheit zu realisieren sei für Frauen die schwierigste emotionale Prüfung in der Zeit zwischen Pubertät und Wechseljahren.

Julia ist ohnehin der Meinung, dass es eigentlich nur zwei Sorten Frauen auf dieser Welt gibt: die mit dem richtigen Schuh und die mit dem richtigen Mann. Beides zusammen gehe nicht. Allenfalls wären Graubereiche denkbar. Oder auch Verhandlungsmasse zwischen Schuh und Mann.

Im weiteren bedeutet dies aber laut Julia auch: Eine Frau, deren Interesse an Schuhen, aus welchen Gründen auch immer, irgendwann nachlässt, wird sich als Trost oder Übersprunghandlung verstärkt auf die Suche nach einem besseren Mann machen. Mit anderen Worten: In dem Moment, wo eine Frau an mehreren Schuhgeschäften vollkommen achtlos vorbeiläuft, ja nicht einmal in die Schaufenster schaut, da wird es definitiv Herbst in der Beziehung. Da ist allerhöchste Vorsicht geboten! Deshalb, so beschloss Julia mit charmantem Lächeln ihre Ausführungen, ist der Schuhkauf bei Frauen auch immer so etwas wie ein Treuebekenntnis für den Mann an ihrer Seite.

Ich weiß nicht, wie vielen Männern Julia ihre Schuhlogik schon erklärt hat. In jedem Fall hat sie wirklich sehr viele, sehr schöne Schuhe.

Dicke Füße

Eine Freundin wurde kürzlich zu einer ehemaligen Freundin, als sie mir in einer Zeitschrift ein aktuelles Bild von Mel Gibson zeigte und fragte, ob mir schon einmal aufgefallen sei, was für einen tollen Körper der immer noch habe. Wie straff und durchtrainiert! Dabei sei der ja wohl fast zwanzig Jahre älter als ich. Kaum zu glauben, wenn man das jetzt mal vergleiche … Ich war nicht beleidigt. Ich war nur enttäuscht. Man kann so was doch gar nicht vergleichen! Man weiß doch gar nicht, was für einen Körper ich in fast zwanzig Jahren haben werde! Womöglich wird der sogar noch viel fitter und durchtrainierter sein als der von Mel Gibson, dieser alten Schabracke.

Außerdem ist da noch die Frage, wie der das angestellt hat. Ich habe kürzlich gelesen: Wenn man sich das Fett absaugen lässt, also jetzt beispielsweise am Bauch mitsamt der Fettzellen, dann kommt dieses Fett, wenn man wie bisher weiterlebt, innerhalb kurzer Zeit zurück. Aber eben nicht am Bauch, da es dort ja keine Fettzellen mehr gibt, sondern am Hintern, am Hals oder an den Waden. Fand ich faszinierend, diese Vorstellung. Das Fett findet einen Weg.

Wenn das wirklich so ist, müsste es aber eigentlich auch andersherum funktionieren: Wenn man sich an irgendeiner Stelle des Körpers ganz, ganz viele Fettzellen spritzen ließe, müssten die ja umgekehrt auch Fett aus dem restlichen Körper abziehen. Man knallt einfach eine Stelle des Körpers bis obenhin voll mit Fettzellen, und diese holen, weil sie gefüllt werden wollen, das Fett aus dem restlichen Körper, wodurch der natürlich innerhalb kurzer Zeit ganz straff und durchtrainiert sein wird.

Es bleibt die Frage, welche Stelle sich am ehesten dafür eignet, das gesamte überschüssige Fett des Körpers zu sammeln. Möglichst unauffällig. Direkt oben auf dem Kopf müsste man es unter einer riesigen Mütze verstecken. An den Oberarmen dagegen könnte man es mit Hilfe eines geeigneten Oberarmkorsetts wie Muskelberge aussehen lassen. Oder man setzt die ganzen Fettzellen einfach alle auf die Füße. Dann sollte man sich aber entsprechend große Sportschuhe anfertigen lassen, vielleicht auch Clownsschuhe. Gehen wäre natürlich schwierig. Für weitere Strecken müsste man sich eventuell so einen elektrischen Stehroller besorgen, diese Segways. Das ist dann zwar nicht sehr gesund, wenn man sich so gar nicht mehr selbst bewegt, aber andererseits auch egal, weil das ganze Fett sowieso in die Füße gezogen wird. Müsste funktionieren.

Also ich zumindest schaue, seit mir diese Zusammenhänge klargeworden sind, bei besonders gut aussehenden, durchtrainierten Leuten immer als Erstes auf die Füße und muss sagen, Mel Gibson jetzt zum Beispiel hat meiner Ansicht nach früher nicht so große Füße gehabt. Und selbst der Satz meines Onkels, der immer meinte: «Unter meinem Körperäußeren bin ich eigentlich ziemlich schlank», klingt plötzlich gar nicht mehr so abstrus, wie ich immer dachte.

Der Unterschied zwischen Madrid und Berlin

Reisen in ferne Länder verraten dem Reisenden vor allem viel über sich selbst. Eine der Einsichten, die ich durch das Reisen gewonnen habe, ist: Ich spreche offenkundig sehr viele Sprachen dieser Welt nicht. Oder fast nicht. In den meisten Sprachen beherrsche ich eigentlich nur «Ja» und «Nein». Und auch dies nicht mit Worten, sondern nur mit Nicken und Kopfschütteln. Das dafür aber relativ fließend.

Ich war daher nicht mal sonderlich überrascht, als ich bei meinem ersten Madrid-Besuch feststellen musste, dass auch Spanisch definitiv zu den Sprachen gehört, die ich praktisch überhaupt nicht verstehe oder spreche.

Ein anderes Problem, das sich während des Madrid-Urlaubs ergab, hatte seine Ursache darin, dass ich mit meiner Familie dort eigentlich nur Freunde besucht habe. Freunde aus Berlin, die aus beruflichen Gründen zwei Jahre in Madrid wohnen und uns davon überzeugt hatten, dass dies doch eine hervorragende Möglichkeit wäre, ein paar Tage zu ihnen zu kommen und Madrid kennenzulernen. Speziell auf meine Meinung zu Madrid war man gespannt, da ich schon seit langem in dem Ruf stehe, andere Städte nur noch zu besuchen, um sie mit Berlin zu vergleichen.

Sobald wir unser Kommen angekündigt hatten, wurde uns noch ein weiterer, ja wohl der eigentliche Grund für die Einladung bewusst: Es gab doch so manches, was wir unseren Freunden aus Deutschland mitbringen sollten. Jeden zweiten Tag kam ein neuer Anruf, der die Liste dringend benötigter Sachen noch mal verlängert hat. Selbst für den Duty-free-Shop am Flughafen wurden noch Bestellungen aufgegeben. Schweizer Schokolade, eine Riesenflasche Parfüm («Obsession») und Westfälischer Schinken.

Wir haben alles brav besorgt und mitgenommen. Aber am Flughafen in Madrid störte mich die Extratüte mit der Parfümflasche, weshalb ich sie, nachdem wir unser Gepäck vom Laufband gehoben hatten, einfach noch oben mit in meinen Koffer hineinstopfte. Übrigens ist dies ein sehr schöner Koffer. Ein sogenannter Vier-Roller, eben mit vier Rädern, der quasi von alleine fährt. Man muss ihn nur vorsichtig anstupsen und «Huii!», fährt der praktisch wie von selbst durch Bahnhöfe und Flughäfen. Großartig.

Nun hat der Flughafen von Madrid allerdings ja so ein ganz leichtes Gefälle. Wirklich ganz leicht nur. Zu Fuß würde man das gar nicht merken. Aber der Koffer hat es sofort gemerkt. War direkt völlig aufgeregt, ständig am Ruckeln und Ziehen, bis ich irgendwann dachte: Ach, was soll's, es war ein langer Flug, lass ihn laufen, ihn sich einfach ein bisschen austoben! Und er ist dann auch sofort los. Zisch!!! So schnell, und er hat sich gedreht und ist gesaust und hatte Spaß. Reine Lebensfreude! Wo ich auch ein wenig stolz war. Also dachte: Guck mal an, der Schnellste von allen, das ist meiner! Mein Koffer! Wie der da durchpest, der findet seinen Weg, so spielerisch, rasant, ein echter Wildfang, der – Treppen dann allerdings doch nicht kann. Also gar nicht. War ihm selbst aber wohl vorher auch nicht klar, weil probiert hat er es. Ohne Erfolg jedoch. Schon an der ersten Stufe ist er gescheitert. Sogar einigermaßen spektakulär gescheitert. Hat trotzdem nicht aufgegeben, weshalb ich nicht unbeeindruckt zur Freundin sagte: «Guck, der probiert die zweite Stufe auch noch.» Ist aber erneut gescheitert. Genaugenommen ist er sogar Stufe für Stufe durchgescheitert, bis nach ganz unten.

Und dennoch, wie durch ein Wunder ist nichts passiert. Weder dem Koffer noch sonst irgendwem oder irgendwas. Dachte ich. So lange, bis ich einige Zeit später den Koffer geöffnet und gesehen habe: Die Parfümflasche muss doch sehr unglücklich auf eine Stufe geschlagen sein, was somit – das war nicht so schön. Alle, wirklich alle meine Sachen rochen jetzt höchst intensiv nach «Obsession». Ein Umstand, der in der Tat recht prägend für unseren gesamten Madrid-Urlaub werden sollte. Oft musste ich bei Geschäften draußen bleiben, weil die Familie auch mal einen Laden betreten wollte, ohne direkt angestarrt zu werden.

Nach zwei Tagen sind wir dann meistens von vornherein getrennt losgegangen. Was allerdings nicht schlimm war. So habe ich unter anderem alleine in einem kleinen Gemüseladen eingekauft. Das war toll. Die asiatische Verkäuferin hat die ganze Zeit gelacht.

Eigentlich hatte ich nur ein paar Äpfel und Milch kaufen wollen, aber weil die Frau jedes Mal, wenn ich auf etwas gezeigt und «este» gesagt habe, so herzlich und mitreißend lachte, habe ich dann noch Birnen, Pfirsiche, Apfelsaft, Gurken, Nüsse, Horchata, Butter, Käse, Orangen und Möhren gekauft. Nur weil ich ihr Lachen so mochte. Die Möhren habe ich am Ende alle einzeln gekauft. Zwölf Möhren. Jede einzeln, und bei jeder hat sie gelacht.

Als ich am nächsten Tag wiederkam, hat sie mich sofort erkannt, sagte: «Ah, Mr. Obsession!», und dann habe ich erneut Birnen, Äpfel und einzelne Möhren gekauft. Und jedes Mal hat sie gelacht. Das fand ich eigentlich mein allerschönstes Erlebnis in Madrid.

Habe das dann später in Berlin auch mal versucht. Also am Gemüsestand zwölf Möhren nacheinander zu kaufen. Um zu gucken, ob die Verkäuferin auch jedes Mal lacht. Das war interessant. Denn möglicherweise ist dies tatsächlich einer der großen Unterschiede zwischen Berlin und Madrid: die Reaktion von Verkäuferinnen, wenn man zwölf Möhren nacheinander, also einzeln kauft.

Schon der Anfang, wenn man in Berlin an den Stand getreten ist und gesagt hat: «Guten Tag, ich hätte gern eine Möhre», ist kein guter Anfang. Obwohl ein gewisses Interesse bei der Frau nicht zu leugnen war.

«Eine Möhre? Na, hamm Se sich das auch gut überlegt? Ob Se wirklich 'ne ganze Möhre brauchen? Wollen Se nicht erst mal vielleicht 'ne halbe Möhre? Und dann gucken, wie Se da so mit klarkommen? Mit Ihrem neuen Leben als Möhrenbesitzer?»

Als ich dann, nachdem sie mir irgendwann doch, wenngleich etwas widerwillig, die eine Möhre abgewogen und abgepackt hatte, nachsetzte: «So, und dann hätte ich jetzt gern noch eine zweite Möhre», also da ist das Verhältnis zwischen der Gemüsefrau und mir gekippt. Aber hallo, ist das gekippt! Es wurde erschütternd laut, und letzten Endes habe ich die zweite Möhre nicht bekommen. Die Gemüsefrau hat mir nichts mehr verkauft. Selbst als ich bereit war, die Tomaten in Zweierportionen zu erwerben.

Jetzt überlege ich natürlich, ob ich mir nicht noch mal so eine Flasche «Obsession» kaufen sollte, mich damit begieße und es dann bei einer anderen Berliner Gemüsefrau von neuem versuche. Es wäre doch durchaus vorstellbar, dass mein Geruch in Madrid eine erhebliche Rolle gespielt hat. Das kann ja gut sein.

Allerdings: Wenn das dann wirklich funktionieren würde und sich rumspräche, also wenn es tatsächlich einen Duft für Männer gäbe, der Frauen verlässlich zum Lachen bringt -- ich glaube, das könnte die Welt verändern.

Der Supermarkt der Zukunft

Als ich vor einigen Wochen nach relativ langer Zeit endlich mal wieder nach Frankreich kam, habe ich mich sehr gefreut. Allein schon, weil Französisch eine der wenigen Fremdsprachen ist, die ich beherrsche. Also quasi, immerhin habe ich es sieben Jahre lang in der Schule gelernt. Da freut man sich schon, wenn man dieses schlummernde Wissen endlich mal wieder in der Praxis anwenden kann.

Umso enttäuschter war ich, als ich feststellen musste, dass praktisch kein Franzose mein Französisch verstand. Zuerst konnte ich mir das gar nicht erklären, bis mir klar wurde: Wahrscheinlich spreche ich mittlerweile ein altes, traditionelles Hochfranzösisch, das dort kaum noch einer beherrscht.

Als ich meiner Freundin von der Vermutung erzählte, meine Verständigungsprobleme hingen wohl damit zusammen, dass ich eben so ein überkorrektes Schulfranzösisch, wenn nicht gar ein Französisch der Universitäten spräche, erwiderte sie: «Ja, Französisch der Universitäten kann schon sein, allerdings wohl eines der nicht französischsprachigen Universitäten.»

Trotzdem bin ich ganz gut klargekommen. Auch weil die meisten Franzosen, wenn ich sie auf Französisch angesprochen habe, direkt auf Deutsch geantwortet haben. Wir waren im Elsass, unter anderem weil wir einen Blick in die Zukunft werfen wollten. Kurz hinter Mulhouse gibt es einen dieser typisch französischen, riesigen Monstersupermärkte, der in seiner Werbung behauptet, bei ihm könne man das Einkaufen der Zukunft erleben. Er ist leidlich futuristisch designt und hat einige hübsche Gimmicks. Vor der Frischetheke beispielsweise finden sich mehrere kleine Computerterminals, wo man seine Bestellungen einfach eintippt. Dann kann man in Ruhe andere Einkäufe erledigen, und am Ende holt man die schön verpackte Wurst-, Fleisch-, Fisch- und Käsebestellung an der Ausgabe ab. So steht es unter den Zeichnungen, die dieses Prinzip erläutern sollen. Dadurch wird das Einkaufen viel entspannter und genussvoller, es geht viel schneller, man hat mehr Zeit und mehr Freude! Das zumindest ist ungefähr der Wortlaut. Leider ist ja alles in modernem Französisch geschrieben, was für mich, dessen Französisch aus der Vergangenheit stammt, praktisch auch Zukunftsfranzösisch ist.

Aber es stimmt: Es gibt wirklich keine ewig langen Warteschlangen an der Frischetheke. Trotzdem kommt man nicht so richtig gut durch, weil der Auflauf vor der Beschwerdestelle bis weit in die Frischethekenregion hineinreicht. Die Beschwerdestelle, wo unzählige Kunden über ihre Frischethekenpakete debattieren, weil sie beispielsweise, warum auch immer, ihren gewünschten zarten Ziegenkäse nicht erhalten haben und sich mit dem Alternativangebot, einer kräftigen Elsässer Schweinskopfsülze, nicht abfinden wollen.

Es lässt sich feststellen: Das Einkaufen der Zukunft ist wunderbar entspannt und unkompliziert, ein Genuss und eine Freude! Dafür kann sich allerdings das Reklamieren und Umtauschen ein bisschen hinziehen. Manche Lebensmittel sind, bis das mal abgeschlossen ist, häufig schon gar nicht mehr gut. Wenn man sich jedoch bei den gekauften Dingen nicht so anstellt und einfach mal zufrieden ist mit dem, was man bekommt, funktioniert es tadellos. Stress haben nur die ewig Unzufriedenen, Querulanten, die auf ihre eigentlichen Bestellungen bestehen, statt flexibel auf den Markt zu reagieren.

Ein zweiter Einblick in das Einkaufen der Zukunft wird mir

im Café des Giganto-Supermarktes gewährt. Dort lädt man «alle unsere Kunden zu einem Gratis-Überraschungsfrühstück» ein. Die erste Überraschung ist der Preis. Das Gratisfrühstück kostet fünf Euro. Ich bin wahrlich niemand, der sich wegen jeder Kleinigkeit beschwert, will jetzt auch nicht klugscheißen, aber ich finde, Dinge, die umsonst sind, sollten weniger als fünf Euro kosten.

Wobei, im Prinzip ist das Frühstück schon umsonst, also irgendwie: Genaugenommen zahlt man fünf Euro und erhält dafür einen Gutschein, für den man später an der Kasse die fünf Euro zurückbekommt, wenn man für mindestens zwanzig Euro Produkte eines großen französischen Lebensmittelkonzerns eingekauft hat. «Es ist ganz einfach» steht über den Erklärungstafeln, wogegen nichts zu sagen ist, da man das Prinzip ja im Groben auch aus anderen Lebensbereichen kennt: Man bekommt die gesamten fünf Euro erstattet, sofern man bereit ist, zwanzig Euro zu zahlen. In Deutschland wurde dieses Verfahren bekannt mit dem Satz: «Die Rettung der Banken kostet den Steuerzahler keinen Cent.»

Meine zweite Erkenntnis über das Einkaufen der Zukunft lautet somit: Es wird vieles umsonst geben, sofern man es dann später auch kauft, also wenn man es gekauft und bezahlt hat, wird es umsonst gewesen sein.

Am Ausgang des Supermarkts der Zukunft gibt es natürlich Selbstservice-Kassen. Ganz kurz zum Begriff Selbstservice: Für mich ergibt schon allein das Wort keinen Sinn. Entweder es gibt Service, oder man macht es eben selbst. Selbstservice ist, wenn man darüber nachdenkt, entweder Quatsch oder unanständig. Beides möchte ich weder in meinem Text noch an einer Supermarktkasse haben.

Hier bedeutet Selbstservice natürlich, dass man die gekauften Waren selbst einscannt und mit Karte bezahlt. Alles ganz allein. Nur eine Andere-Mensch-Servicekraft schaut zu und hilft, wenn es Probleme gibt. Und es gibt sehr viele Probleme, praktisch immer.

Natürlich dauert diese Art des Bezahlens ungefähr zwanzigmal so lange, als wenn eine versierte Kassenkraft die Waren übers Band gezogen und gescannt hätte. Wer schon einmal hinter einem Kunden gestanden hat, der ungefähr reale zwei Minuten, also gefühlte drei Stunden im Portemonnaie nach passenden Münzen gesucht hat, kann sich in etwa vorstellen, was es bedeutet, wenn diese Person plötzlich ihren gesamten Einkauf selbst einscannen muss. Die Wartezeit geht in die Jahrzehnte.

Außerdem will ich gar nicht immer alles selbst machen müssen. Ich muss schon allein zum Supermarkt gehen und auch allein wieder zurück. Das reicht mir vollkommen an Selbstgemachtem.

Gibt es in Zukunft nur noch Automaten und Wachmänner, die die Automaten und uns beim Selbstmachen überwachen? Werden wir irgendwann alle Wachmänner werden, weil es gar keine anderen Berufe mehr gibt?

Das Zukunftsforschungsinstitut von Matthias Horx in Kelkheim behauptet, bald, also in zwanzig oder dreißig Jahren, werde man sich alles einfach so nehmen können. Also sämtliche Lebensmittel, alle Waren und Produkte nimmt man aus frei zugänglichen Regalen. Man scannt sie nur mit dem Daumen, eine Software erkennt und registriert automatisch, und dann wird der entsprechende Betrag direkt vom Konto abgebucht. Sollte dies wirklich so kommen, wird es vermutlich eine große Daumenkriminalität geben. Auch ist nicht klar, was passiert, wenn das Konto leer ist. Wird dann der Daumen gesperrt? Bekommt man eine eiserne Daumenmanschette? Erkennt man in Zukunft arme Menschen an ihren Daumen? Oder an ihren acht Fingern? Oder reiche Menschen an ihren vier Daumen?

Ganz zum Schluss, kurz vor dem Ausgang, entdecke ich aber doch noch ein Gerät, das mich vorbehaltlos begeistert. Ein Getränkeautomat mit Sprachfunktion. Man wirft Geld ein, spricht seinen Getränkewunsch in ein Mikro, und dann gibt einem der Automat sofort das gewünschte Getränk. Bestelle einen «Café noir double, sans sucre», also einen doppelten schwarzen Kaffee ohne Zucker. Der Automat sagt: «Pardon, je ne comprends pas, réessayez, s'il vous plaît», also «'tschuldigung, hab nicht verstanden, versuchen Sie es bitte noch einmal». Das wiederholt sich viermal, bis ich husten muss. Daraufhin gibt mir der Automat einen Cappuccino.

Viele Stammkunden kommen nun angerannt. Seit Wochen, erzählen sie, würden sie schon versuchen, hier einen Cappuccino zu bestellen. Noch nie sei es gelungen, aber ich hätte es geschafft, ich hätte die Gabe, ob ich vielleicht … Huste noch zwölf weitere Cappuccino für andere Kunden. Im Anschluss räuspere ich einer jungen Dame einen grünen Tee, und einem Rentner wiehere ich eine Gemüsebrühe.

Denke: Guck, ich spreche doch mehr und modernere Sprachen als gedacht. Also zumindest beherrsche ich ein sehr gutes Automatenfranzösisch.

Wurstbrote per Mail

Vor kurzem ist zum ersten Mal in meinem Leben ein Text von mir aus Jugendschutzgründen von einem Radiosender zunächst zensiert und dann gar nicht ausgestrahlt worden. Ich war gleichermaßen stolz wie irritiert. Es ging um die Facebookaffäre der besten deutschen Hochspringerin.

Ein sogenannter Fan hatte ihr ein Foto von sich geschickt. Per Mail. Damit sie mal einen Eindruck von ihm hat. Es war allerdings kein Gesamteindruck, sondern er hat nur einen sehr privaten Körperteil von sich fotografiert. Und den in voller Erregung. Warum, weiß wohl nur er. Vielleicht weil ihm ein Foto vom Gesicht zu intim gewesen wäre oder weil er gerade kein anderes Bild zur Hand hatte oder aus Schüchternheit oder was weiß denn ich. Menschen sind komisch, und das ist offensichtlich ein besonders komischer.

Ich hatte in meinem Text diesen Körperteil mit dem normalen lateinischen Begriff bezeichnet. Das wurde vom Sender als zu heikel eingestuft. Ich habe daraufhin vorgeschlagen, den Körperteil anders zu benennen. Ihm einen Vornamen zu geben oder einen Tiernamen. Das hätte es allerdings in der Tat nicht besser gemacht. Ob man von seinem Karl-Heinz, seinem Hans-Otto, seinem Fiffi oder meinetwegen auch von seinem Wellensittich spricht – es bleibt schlüpfrig. Es hätte schon ein Begriff sein müssen, der richtig weit weg von allem Körperlichen ist. Wurstbrot zum Beispiel. Das wäre gegangen. «Er hat ihr also ein Foto von seinem erigierten Wurstbrot geschickt.» Das klingt unverfänglich.

Die Leichtathletin jedenfalls war von Foto und Mail angewidert und genervt, und da dieser Fan einfach keine Ruhe gab, hat sie irgendwann den vollen Namen und den Wohnort vom Wurstbrotbesitzer auf ihrer Facebookseite veröffentlicht. Es folgte eine große öffentliche Diskussion. Verletzt das die Persönlichkeitsrechte vom Wurstbrot? Was, wenn Name und Adresse falsch sind? Oder jemand anders genauso heißt und in derselben Stadt wohnt? Oder jemand das Wurstbrot verwechselt? Für viele sieht ja ein erigiertes Wurstbrot aus wie jedes andere. Und was ist mit eventuellen Arschlöchern, die denken, sie hätten nun das moralische Recht, jemand anderen zu verprügeln? Weil der es verdient hat. Die gibt's ja auch, Drecksäcke, die sowieso gern mal wen verprügeln und nur darauf warten, dass ihnen einer gezeigt wird, bei dem sie dürfen, quasi zu Recht. So richtige Blödmänner eben, die dann auch schnell erscheinen. Denn Faustregel: Wo mal ein erigiertes Wurstbrot ist, ist eine geistige Klappstulle meistens nicht weit!

Doch das sollte gar nicht mein Thema sein. Was man wann wie und wo veröffentlichen darf oder nicht, ist tatsächlich eine heikle, ernsthafte gesellschaftliche Frage, die ich nicht mit Hilfe einer Wurstbrotmetapher diskutieren möchte.

Womöglich war es auch ein Versehen. Vielleicht wollte er eigentlich ein Foto vom Gesicht machen und dann: rums!, verwechselt. Passiert ja schnell. So viele Fotos, wie sie jeder mittlerweile mit dem Handy macht. Vielleicht ist das auch Teil des Problems, dass viel zu schnell viel zu viele Fotos gemacht werden. So ein Selbstporträt im unteren Bereich ist mit dem Handy heute kein Aufwand. Wenn man sich dagegen überlegt, was das früher für eine Mühe verursacht hätte. Allein schon die Vorbereitungen. Schließlich soll es ja auch einen guten Eindruck machen. Das Wurstbrot sozusagen gut dastehen. Das bedeutet Ausleuchten, Weißabgleich, die richtige Perspektive, der Hintergrund und und und …

Zudem muss bei diesen ganzen Tätigkeiten der zu Fotografierende bei Laune gehalten werden. In Form bleiben, für den ist das doch Stress. Dann hat man vielleicht gar nicht beide Hände frei. Eigentlich hätte man so ein Foto, wenn's gut hätte werden sollen, früher überhaupt nicht alleine machen können. Da hätte man jemanden fragen müssen. Schon schwierig. Solche Freunde hat nicht jeder.

Oder man hätte doch alles allein gemacht, mit Selbstauslöser: hinrennen, Selbstauslöser drücken, dann schnell wieder zurückrennen, in Position bringen, lächeln, also quasi, und so weiter und so fort. Mal angenommen, das alles hätte geklappt, dann hätten die Bilder ja noch entwickelt werden müssen. Wenn nun beim Abholen die Angestellte im Fotoladen gefragt hätte, ob man sich die Abzüge vorsichtshalber hier schon einmal anschauen wolle, um auszuwählen, dann hätte man «Nein!» gebrüllt. Und wenn sie grinsend gefragt hätte, ob man eine Vergrößerung möchte, dann hätte man gewusst, dass sie die Fotos ohnehin längst gesehen hat. Und wenn man in einem kleinen Ort lebt … Kurz, es wäre früher ein gewaltiger Aufwand gewesen, so ein Foto zu machen! Das hätte doch keiner so ohne weiteres auf sich genommen, nur um es dann jemandem, der es wahrscheinlich gar nicht sehen will, mit der Post zu schicken.

Aber heute wird alles fotografiert. Ich habe kürzlich gelesen, dass pro Stunde weltweit knapp fünf Milliarden Bilder entstehen. Rund um die Uhr! Wo nehmen wir die Leute her, die sich das irgendwann mal alles angucken?

Das wäre mein gesellschaftskritischer Punkt gewesen. In der Geschichte, die dann nie gesendet wurde. Das Fotografieren ist zu einfach geworden. Es wird zu viel und zu gedankenlos fotografiert. Da darf sich keiner wundern, wenn erigierte Wurstbrote im Posteingang sind. Aber, frei nach Olaf Thon, solche fotofeindlichen Fundamentalfragen werden hier doch nur wieder alle verretuschiert.

Mittwochnachmittag. Stehe am Fenster und schaue auf das Haus auf der gegenüberliegenden Straßenseite. Dort stehen an jedem zweiten Fenster auch Menschen und schauen auf unser Haus. Vor ungefähr einer Minute ist in unserem Viertel das DSL-Netz ausgefallen. Das geschieht hier häufiger mal, und immer wenn es passiert, stehen viele Menschen auf, gehen zum Fenster und gucken, ob andere Menschen im Haus gegenüber aufgestanden sind und aus dem Fenster schauen. Natürlich gibt es auch ein paar andere, die sieht man wütend telefonieren, rumschreien, verzweifelt den Laptop auf der Suche nach Netz durch die Luft schwingen oder wild am Router herumstecken. Früher war ich mal genauso. Doch mittlerweile würde ich das nicht mehr tun. Selbst wenn es gar kein Netzausfall wäre, sondern ein privater Computerabsturz oder ein massives Softwareproblem.

Ein Bekannter aus der IT-Branche erzählte mir kürzlich: Die erfolgversprechendste Lösungsstrategie für plötzlich auftretende, kaum erklärliche Anwendungsprobleme bei Computerprogrammen sei die sogenannte Ehua-Routine. Ehua ist hier tatsächlich mal ein deutscher Begriff und steht für «Einfach hoffen und abwarten». Bei technischen Problemen sei dies der Heilungsansatz mit der mit Abstand höchsten Erfolgsquote. Weit vor Aufschrauben, Umkonfigurieren, Software aktualisieren, Draufschlagen oder Anschreien und Neustart. Anschreien und Neustart, das sogenannte AuN-Verfahren, stehe allerdings auf Platz zwei, knapp gefolgt vom Willkürlichen Aktionismus (WA), einem völlig planlosen, hektischen, aggressiven Wechsel zwischen allen bekannten und unbekannten Lösungsansätzen.

Außerhalb der Computerwelt – auch in meinem Freundeskreis – gibt es die weit verbreitete Überzeugung, die meisten Probleme würden dadurch gelöst, dass ein weiteres Problem auftritt, welches das ursprüngliche Problem einfach verdrängt oder überlagert. Peter beispielsweise meint, die Schramme im Lack eines Autos lasse sich ja auch am schnellsten und unkompliziertesten beheben, indem man in dieselbe Stelle einfach eine Beule reinfahre. Manchmal braucht es hierfür nur ein wenig Geduld.

Mit dieser Strategie habe ich auch schon gute Erfahrungen gemacht. Als in meiner wilden Zeit mal zwei Pfosten meiner Bettkonstruktion weggeknickt sind, wären andere in einer solchen Situation womöglich nachhaltig nervös geworden. Hätten wahrscheinlich in blindem Aktionismus versucht, das Ganze sofort zu reparieren, kompliziert rumzuwerkeln, und damit vermutlich sich und ihre Umgebung in massive Unruhe versetzt. Ich hingegen habe geduldig abgewartet, bis das Problem sich von alleine löst. Die Matratze auf den Boden gelegt und das kaputte Bett kaputtes Bett sein lassen. Und siehe da, nach nicht mal einer Woche verliere ich sehr früh morgens, im Stockdunklen, beim Hochwuchten von der tiefen Matratze das Gleichgewicht, falle in das niedrige Bücherregal und zerstöre es erstaunlich gründlich. Nun gab es also zwei Probleme: ein kaputtes Bett und ein kaputtes Regal. Habe also die Bücher statt der beiden Stützpfosten unter das Bett gelegt und hatte beide Probleme gelöst.

Meine Schlafstätte war jetzt allerdings schon ein bisschen wacklig, und wenn ich eines der noch ungelesenen Bücher aus dem neuen Bettpfostenregal lesen wollte, musste ich ein möglichst gleich dickes Buch nachkaufen, um es zu ersetzen. Das sorgte in der Buchhandlung manchmal für fragende Blicke, wenn ich mit dem Zollstock verschiedene Bücher ausgemessen habe, um zu schauen, welches mich interessiert, also vom Umfang her. Nicht das schlechteste Auswahlkriterium übrigens. Ein paar meiner heute allerliebsten Bücher habe ich seinerzeit eigentlich nur gekauft, weil sie von der Dicke her gut zu mir und meinem Bett passten.

Irgendwann kam ich allerdings leider auf die Idee, auch die anderen beiden Stützpfosten vom Bett wegzunehmen, um so noch mehr Regalplatz einzusparen. Immer mehr Bücher nutzte ich als Bettstützen, weshalb meine Schlafstätte höher und höher wuchs, sich quasi zu einem Bettbau zu Babel entwickelte, bis sie einfach zu instabil war und ich mich nicht mehr getraut habe, darin zu liegen. – Habe daher das Bett schließlich ganz den Büchern überlassen und stattdessen im kaputten Regal geschlafen. «Solange man keine Probleme hat, ist es unmöglich, Lösungen zu finden», lautet der Leitspruch der Mathematischen Fakultät der Universität Sankt Petersburg.

Das Internet scheint wieder zu funktionieren. Zumindest sind gegenüber fast alle von den Fenstern verschwunden. Wahrscheinlich ratlos an den Computer zurückgekehrt. Nur die, die geschrien, geschimpft, gerüttelt, gesteckt und sich beschwert haben, haben nun die Befriedigung, dass es etwas genützt hat. Ich beneide sie um ihr Erfolgserlebnis.

Zukunftssplitter

Es gibt wohl nur wenige Erfindungen, die wirklich die Geschichte der Welt verändert haben. Dinge wie das Rad, der Verbrennungsmotor, der Personal Computer oder auch der moderne Versandhandel, der dafür Sorge trägt, dass täglich circa zwölf verschiedene Paketboten mit achtzehn Paketen für fünfzehn verschiedene Bewohner unseres Hauses bei mir klingeln. Zwar treibe ich durch dieses ständige Rennen zur Tür jetzt endlich mal so etwas wie regelmäßigen Sport, aber andererseits kann ich auch keine Geschichte mehr schreiben, ohne nicht zwischendrin im Schnitt drei Zustellern öffnen zu müssen, wodurch sich mittlerweile in praktisch jeden Text verlorene Fäden oder größere gedankliche Sprünge einschleichen sowie ganze Absätze über Paketboten, die ich später mühsam wieder rausstreichen muss oder, wenn ich es vergesse, auch nicht, was außerdem die Frage aufwirft, wo das alles enden soll. Also wie überhaupt Erfindungen in der Zukunft noch gemacht werden, wenn – es klingelt …

****

Auch im Dezember 2014 wird die Berliner S-Bahn wieder von einem unvorhersehbaren Winter überrascht. Jede Menge Wetter lässt den Betrieb erneut völlig zusammenbrechen. Berlin jedoch ist dieses Mal vorbereitet: Das sogenannte S-Bahn-Waiting ist der Megatrend bei Einheimischen und Touristen. Überall in der Stadt versammeln sich täglich unzählige Menschen, um gemeinsam ganz gezielt auf S-Bahnhöfen zu verweilen. Der Zauber des gemeinschaftlichen Wartens lockt längst Besucher aus aller Welt in die Metropole. Flashmobs werden organisiert, es gibt Livemusik, Straßenkünstler treten auf, und auf vielen Bahnsteigen wird gegrillt. Von überall her reisen Wartetouristen nach Berlin, um mit den Berlinerinnen und Berlinern unvergessliche Warteerlebnisse zu teilen. Längst überlegen auch andere Städte, ihre S-Bahnen kaputtzumachen, um vom S-Bahn-Waiting-Boom zu profitieren, und fordern daher Berliner Know-how an. Es heißt, original kaputte Berliner S-Bahnen könnten möglicherweise zum größten Exportschlager seit den Mauerstücken werden und den Senatshaushalt nahezu sanieren.

****

Nicht wenige waren überrascht, dass es Apple doch noch einmal gelang, ein neues revolutionäres Gerät auf den Markt zu bringen. Das iSteam, also ein mobiles Dampfbügeleisen mit einer unfassbaren Menge an Apps. Wie viele andere war auch ich anfangs skeptisch. Ein iSteam, so ein mobiles WLAN-Dampfbügeleisen, brauche ich so etwas denn wirklich? Muss ich das echt unbedingt haben?
Aber jetzt muss ich schon sagen, es ist toll, einfach immer und überall bügeln zu können. Es garantiert völlige Unabhängigkeit. Heute könnte ich mir mein Leben ohne iSteam jedenfalls gar nicht mehr vorstellen. Natürlich geht das nicht nur mir so. Mittlerweile sieht man sie überall im Stadtbild, die jungen Leute, die in speziellen Cafés zusammen dampfbügeln und dann gemeinsam in ihrer Wolke stehen.

****

Habe kürzlich einen Artikel gelesen, dem zufolge die Forschung in Südkorea mit aller Kraft eine weitere Entwicklungsstufe für intelligente Haushaltsgeräte anstrebt. Unter anderem geht es um Multimedia-Lampen, bei denen Hunderte verschiedener Lichtstimmungen und Lichtatmosphären einprogrammiert sind, und um Staubsauger mit Hochleistungs-Dolby-Surround-Lautsprechern, die das Gerät klingen lassen können wie einen Formel-1-Boliden, einen brüllenden Löwen, aber auch wie ein klassisches Streichquartett. Spektakulär könnten auch die 3-D-Mikrowellen werden, bei denen es so aussieht, als würde Miraculix persönlich in der Mikrowelle die Suppe aufwärmen.

Grundsätzlich sind dies aber wohl mehr Spielereien. Der neue gesellschaftsumwälzende Trend sind Haushaltsgeräte mit Social-Media-Kompetenz. So gibt es bereits Prototypen von Waschmaschinen, die selbständig über Facebook erfragen können, was die Freunde bei der nächsten Party wahrscheinlich tragen werden, und dann in Eigenregie die perfekt dazu passenden Sachen auf Termin waschen und trocknen. Selbstverständlich müssen diese Waschmaschinen mit Kleiderschrank und Wäschekorb vernetzt sein, wie natürlich auch mit der Waage, damit die Sachen bei der Party auch passen, ja perfekt sitzen. Es gibt die Möglichkeit, noch ein voll digitalisiertes Änderungsschneidereicenter in dieses Home-System zu integrieren, sodass man sich eigentlich gar keine Gedanken mehr machen muss. Theoretisch wäre es sogar vorstellbar, Waschmaschinen zu entwickeln, die dann auch noch selbst auf die Party gehen und dort anstelle ihrer Besitzer tanzen. Doch die konkrete Umsetzung dieser Idee ist wohl tatsächlich noch ferne Zukunftsmusik.

****

Nach dem Durchbruch der 3-D-Technologie in der Film-
industrie gab es nun kürzlich bei der Funkausstellung die
ersten Versuche mit 4-D-Filmen. Also Filmen, bei denen
auch noch die vierte Dimension, die Zeit, als Erlebnis hin-
zukommt.

Nach nur gefühlt einer Minute steht man bereits wieder aus
dem Kinosessel auf. Tatsächlich sind aber drei Jahre vergangen. Ein Rausch, eine Revolution der sinnlichen Erfahrung.
Im Jahr 2017 wird man die ersten Testseher, die sich solch
einen 4-D-Film angeschaut haben, nach ihren Erfahrungen
befragen können.

****

Steve Jobs prophezeite vor zehn Jahren, dass die Segways
unsere Welt in ähnlicher Weise revolutionieren würden
wie der Computer. Er meinte damals, in zehn Jahren – also
heute – würden nahezu alle Menschen in den Städten mit
diesen Stehrollern unterwegs sein und Autos in der Innenstadt gäbe es praktisch nicht mehr.

Daran musste ich denken, als ich vor kurzem mit einem
Freund wegen der Baustelle in der Friedrichstraße in einem
gigantischen Stau stand. Dass diese Segways nicht so groß
rausgekommen sind, liegt vielleicht daran, dass Steve Jobs
die Sache nicht selbst in die Hand genommen hat. Hätte er
den «iSegway» präsentiert, mit zehntausend Apps, LTE-
Highspeed-Netz und riesigem Touchscreen, hätte heute
wahrscheinlich jeder so ein Teil.

Also wäre ich Apple, wäre das ja genau das nächste große
Ding, das ich in Angriff nehmen würde: iSegways.

PS: Falls jemand von Apple dies jetzt liest und meine Idee aufgreifen möchte, würde ich mich übrigens über eine kleine Aufmerksamkeit seitens der Firma sehr freuen. Es muss gar nicht Geld sein. Man könnte diese Geräte auch einfach nach mir benennen. Das iEvers. Das fände ich lustig, wenn dann ständig Leute sagen würden: «Ich fahre auf meinem iEvers» oder auch «Boarh, bin ich schnell mit meinem iHorst» oder «Habe mir eine tiefergelegte iEvers-Sondersonderausstattung mit Sportchassis und Haaren besorgt».

****

Im Technologiepark in der Nähe des Genfer CERN-Zentrums gibt es angeblich auch erste Feldversuche mit W-Food, also Wireless Food. Funktioniert wohl wie WLAN, nur eben mit Essen. Man macht einfach nur den Mund auf, und nach einer Weile ist man ganz von selbst satt. Leider gibt es Wireless Food bislang aber nur in den Geschmacksrichtungen «nach nichts» und «bisschen muffig».

****

Eine dieser großen, umwälzenden Erfindungen, die tatsächlich die Welt verändern, wurde nun kürzlich auf einer Technologiemesse in Seoul vorgestellt. Auf den ersten Blick ist dieses Gerät nur ein normaler Toaster. Aber es verfügt über eine Rechenleistung, die ihm auch die Planung und Durchführung einer Marsmission ermöglichen würde. Allerdings ist dieser Toaster zu intelligent, als dass er eine Marsmission planen würde. Er wüsste auch gar nicht, wozu, da mit an Sicherheit grenzender Wahrscheinlichkeit davon auszugehen ist, dass intelligentes Leben auf dem Mars, wenn sich denn dort überhaupt welches befinden sollte, keinen Toaster benötigt, weil es da ja gar kein Brot gibt.

Dieser hochintelligente Toaster bleibt also in der Küche und ist dort über den Router, also per WLAN, permanent online. Wenn nun beim Frühstück irgendeine Frage auftaucht, kann man einfach den Toaster um Rat bitten. Der googelt das schnell, und wenn man dann zwei Scheiben Toast ins Gerät steckt, brennt der Toaster die Antwort direkt aufs Brot. Das Tollste allerdings ist: Man muss die Antworten nicht einmal lesen, was ja auch schwierig wäre, da es ein koreanisches Gerät ist. Nein, man isst einfach den Toast und weiß automatisch alles, was auf dem Brot gestanden hat. Eine wahre Revolution. Wenn sich das durchsetzt und ausgebaut wird, also dass man sich durch Essen Wissen aneignen kann, würde das viele Ausbildungen dramatisch verkürzen. Wenn man selbst komplizierteste, schwierigste Studiengänge und Spezialwissenschaften einfach begreift, indem man isst, würden bald die Menschen die Klügsten werden, die am meisten essen können. Ich glaube, das würde wirklich die Welt verändern.

Wobei, was die Forscher bei diesem Toaster im Moment wohl am allermeisten begeistert, war gar nicht so geplant. Im Prinzip ist es durch ein Versehen entstanden. Wie so vieles in der Welt der Wissenschaft. Irgendwann hat nämlich jemand gar keine Frage gestellt, trotzdem zwei Scheiben Toast getoastet und dann diese leeren Scheiben aufgegessen. Als Folge davon wusste er zwei oder drei Minuten lang nicht mehr als eine leere Scheibe Weißmehltoast. Hat genauso gefühlt und empfunden, wohl nichts weiter gedacht als: Heiß, heiß, heiß, heiß, heiß!

Das muss ein großartiges Gefühl gewesen sein. Diese wirklich völlige Leere im Kopf. Völlige Freiheit. Existenz ohne

Fragen. Ein Triumph des Bewusstseins, wie man ihn sonst wohl nur durch jahrelanges Meditieren erreichen kann. Dieses vollkommene Glücksgefühl ist seither offensichtlich wie eine Droge für die Forscher. Und auch ich freue mich da schon total drauf. Zwei, drei Minuten lang nicht mehr denken als eine Scheibe Weißmehltoast. Kann es ein größeres Geschenk geben? Meiner Meinung nach wird da ein uralter Menschheitstraum wahr.

Das unterforderte Ferienhaus

Freunde haben ein Ferienhaus gemietet. An der Ostsee. Ein großes Ferienhaus. Und jetzt machen wir da mit ihnen Urlaub. «Weil es sich ja sonst nicht richtig lohnt.» Das war die offizielle Begründung. Also mit diesen Worten wurden wir gefragt, ob wir nicht mit ihnen, der befreundeten Familie, in diesem Haus unsere Ferien verbringen wollen. «Weil es sich ja sonst nicht richtig lohnt.»

Alleine kriegen sie das Haus nicht genügend bewohnt. Wenn zu wenig Leute darin wohnen, fühlt es sich wahrscheinlich unterfordert. So was sollte man nicht machen. Das ist wie mit Kindern in der Schule. Die darf man auch auf keinen Fall unterfordern. Sonst fangen die an, sich zu langweilen, werden unaufmerksam, machen Quatsch, sind abgelenkt, kriegen irgendwann überhaupt gar nichts mehr mit, werden immer schlechter, bis sie völlig den Anschluss verlieren, keinen Abschluss bekommen, auf die schiefe Bahn geraten und dann beispielsweise mit Drogen handeln.

So, und damit dieses Ferienhaus da an der Ostsee eben nicht irgendwann anfängt, mit Drogen zu handeln, sind wir jetzt also mit in den Urlaub. Das Haus auffüllen. «Damit sich das auch lohnt.»

Wie bei Einkäufen, wo man auch immer noch das eine oder andere dazunimmt, weil sich sonst der Weg nicht richtig gelohnt hätte. Ich habe mehrere, teilweise jahrzehntealte Teebeutelpackungen zu Hause, die ich nur aus diesem Grund besitze.

Es gibt sogar riesige, weltweit agierende Unternehmen, deren Geschäftsmodell nur auf diesen «Weil-sich-sonst-der-Weg-nicht-richtig-gelohnt-hätte-Käufen» basiert. Ganz vorn hierbei selbstverständlich Ikea.

Mittlerweile liegen seriöse Untersuchungen vor, die belegen, dass die «Weil-man-jetzt-grad-mal-da-ist-nehmen-wir-das-noch-schnell-mit-Käufe» bei Ikea rund siebzig Prozent des Gesamtumsatzes ausmachen. Das ist deren Strategie. Ich kenne ein Paar, das dort ein Schlafsofa kaufen wollte, kein schönes gefunden hat, aber stattdessen mit anderen Einrichtungsgegenständen und Wohnaccessoires im Wert von circa 1,75 Schlafsofas nach Hause gekommen ist. Ein halbes Jahr später haben sie dann doch ein Schlafsofa bei Ikea gekauft, weil das – wörtliches Zitat! – «einfach am besten zu der restlichen Einrichtung der Wohnung gepasst hat».

Eine Freundin hat sich von mir mal mit den Worten getrennt, ich hätte sowieso nur auf dem Weg gelegen. Eigentlich habe sie einen meiner Freunde gewollt, da der aber noch besetzt gewesen sei, habe sie die Zwischenzeit eben mit mir überbrückt. Ich sei mehr oder weniger so etwas wie ein Wartesemester gewesen. Nun, da ich seinerzeit diesbezüglich ohnehin eher die Haltung «Erst mal nehmen, was man kriegen kann!» hatte, war das eigentlich gar nicht so schlimm. Also aus heutiger Sicht betrachtet. Seinerzeit war ich schon ziemlich verletzt, denn es ist mir damals noch sehr schwergefallen, Dinge aus heutiger Sicht zu betrachten.

Meine Betrachtungen zu diesem Ostsee-Urlaub sind aus heutiger Sicht übrigens auch relativ bedeutungslos, weil Kind und Freundin sowieso ganz begeistert von der Ferienhausidee mit den Freunden waren und ich eigentlich schon überstimmt war, bevor ich gefragt wurde. Vermutlich war ich auch nur deshalb dagegen, weil ich wusste, dass ich überstimmt werde. Eventuell ist das so ein kleines bisschen die SPD in mir.

Trotz aller offenen und heimlichen Freude ist so ein Mehrgenerationenurlaub nicht immer ganz einfach. Zwar sind es in unserem Fall nur zwei Generationen, also Eltern und Kinder, aber schon das kann durchaus zu unüberbrückbaren Interessenkonflikten führen.

So wie am Morgen des dritten Urlaubstages. Alle Eltern sind müde, wollen im Haus bleiben, lesen, dösen, vielleicht sogar hier und da versehentlich noch mal ein bisschen wegschlafen. Eben das Haus bewohnen. Deshalb sind wir ja schließlich da. Alle Kinder wollen an den Strand. Es droht Streit.

Ich sage, es reiche doch, wenn ein Erwachsener mit den Kindern an den Strand gehe. Alle sind begeistert, jubeln.

Die anderen Eltern bedanken sich, dass ich mich bereit erklärt habe, mit den Kindern an den Strand zu gehen.

Fühle mich missverstanden. Erkläre: «Nein, nein. Welcher der vier Erwachsenen an den Strand geht, muss noch entschieden werden, man kann ja losen.»

Ulrike guckt genervt, macht vier Zettel, schreibt auf jeden einen Namen, faltet sie, legt sie in eine Schale, hält mir diese hin und sagt: «Gott, ich weiß zwar nicht, welchen Sinn dieses Losen haben soll, aber wenn du dich dann besser fühlst …»

Ziehe ein Los. Mein Name. Beklage mein Pech. Ulrike tröstet mich: «Na ja, war nicht nur Pech …»

Rund anderthalb Stunden später sitze ich mit den vier Kindern am Strand. Also ich sitze, die Kinder sind sofort ins Wasser gestürmt. Es ist sehr heiß. Ich würde auch gern ins Wasser, aber ich muss ja auf die Wertsachen aufpassen. Alle lachen, planschen und haben Spaß. Nur ich sitze da und schwitze.

Es dauert eine Weile, aber dann habe ich endlich eine Idee. Setze sie auch direkt in die Tat um. Lege mein Portemonnaie, das Handy und die restlichen Wertsachen in eine Plastiktüte und verschließe diese ganz, ganz fest, quasi luftdicht. Grabe dann mit der Plastikschaufel der Kinder ein circa fünfzig Zentimeter tiefes Loch, werfe die Tüte da rein, schütte alles wieder mit Sand zu und lege das große Handtuch drüber. So, das sollte als Tresor eigentlich reichen. Jetzt kann ich endlich auch ins Wasser. Bin stolz. Wieder mal ein schönes Beispiel für Lebensqualität durch Intelligenz. Mein Lebensmotto.

Das Wasser ist viel zu kalt. Stelle fest, das Konzept Ostsee hat durchaus Schwächen. Am Strand zu heiß, im Wasser zu kalt. Und versalzen ist sie auch, aber hallo! Wer immer die Ostsee zubereitet hat, muss total verliebt gewesen sein. Hätte jetzt gern ein Eis, um mich von innen der Wassertemperatur anzunähern, aber das Geld ist ja vergraben. Die Kinder müssen auf Toilette. Das kostet fünfzig Cent. Verdammt. Erlaube ihnen, unauffällig in die Ostsee zu pinkeln. Dann wird die vielleicht auch ein bisschen wärmer.

Beiße schließlich die Zähne zusammen und gehe richtig weit raus ins Wasser. Stolpere, verliere das Gleichgewicht, falle hin, schüttle mich und muss zugeben: Es ist großartig. Einfach ganz, ganz phantastisch. Was immer man getan hat oder tun musste: Für diesen Moment des Ins-Meer-Springens hat sich alles gelohnt. Es gibt kaum ein größeres und verlässlicheres Glücksgefühl. Vergesse alles um mich herum.

Ich weiß nicht, wie viel Zeit vergangen ist, als ich endlich wieder aus den Fluten heraus an den Strand zurückkehre. Wahrscheinlich viel, und ich bin wohl auch ziemlich weit abgedriftet. Also zumindest, wenn man sich an unserem Lagerplatz mit den Handtüchern orientiert.

Die Kinder liegen da und spielen «Ich sehe was, was du nicht siehst». Sie teilen mir mit, sie seien mit den Handtüchern und allem gut fünfzig Meter nach rechts gezogen, weil es hier mehr zu gucken gebe. Ich starre sie an.

Sie fragen, wo das Problem sei, der Strand sei doch überall fast vollkommen gleich. Antworte: «Genau das ist das Problem.»

Gehe den Strand runter und suche nach der Stelle, wo ich die Wertsachen vergraben habe. Es scheint aussichtslos, aber dann sehe ich eine junge Frau, die sich auf ihrem Handtuch sonnt. Ausgerechnet, doch ich bin mir einigermaßen sicher. Ich fürchte, sie liegt genau auf unseren Wertsachen. Na, hilft ja nichts. Gehe zu ihr und frage: «Entschuldigung, aber dürfte ich einmal kurz unter Ihnen graben?»

Sie schaut mich an, als hätte ich gefragt, ob wir unsere Badeanzüge tauschen wollen. Obwohl, das stimmt so nicht. Eigentlich schaut sie noch viel irritierter, eben so, als hätte ich gefragt, ob ich unter ihr graben darf.

Erkläre ihr alles. Sie lacht. Richtig herzlich und zugewandt lacht sie. Dann graben wir zusammen und haben gehörigen Spaß. Denke: Wäre ich noch mal auf dem Markt, wäre genau das die Methode, wie ich versuchen würde, jemanden kennenzulernen. Die Wertsachen allerdings finden wir nicht.

Die Kinder haben mittlerweile alle anderen Kinder am Strand informiert und dazu gebracht, nach meinem Tresor zu suchen. Der ganze Strand besteht jetzt aus buddelnden Kindern. Sogar die Eltern machen teilweise mit. Die Strandaufsicht kommt. Fragt, was los sei. Nachdem ich alles erklärt habe, machen sie eine Durchsage. Nun kommen auch aus großer Entfernung und von der Promenade her unzählige Menschen, weil sie mal den Idioten sehen wollen, der sein Wertsachen-Loch nicht wiederfindet. Alle graben, aber es ist sinnlos, wir finden die Stelle einfach nicht.

Julian, der elfjährige Sohn unserer Freunde, nimmt mich zur Seite. Meint, er müsse mir dringend etwas sagen. Er druckst herum: «Na ja, also eigentlich ist uns schon beim

Umziehen mit den Strandsachen das frisch gegrabene Loch aufgefallen, weshalb wir die Tüte mit den Wertsachen auch rausgeholt und mitgenommen haben. Aber als du dann derartig erschrocken bist, haben wir uns gefreut, dass unser Scherz so gut funktioniert. Und nichts gesagt. Und dann ging das Graben los, was ja auch erst mal schön gewesen ist. Und du hast doch auch Spaß gehabt, mit der Frau und so. Das wollten wir dann auch nicht gleich kaputtmachen und überhaupt … Aber jetzt ist die Sache vielleicht doch ein wenig aus dem Ruder gelaufen.»

Denke: Die einen sagen so, die andern so.

Wir beschließen, unauffällig unseren Kram zusammenzusuchen und in den nächsten Tagen vielleicht lieber an den etwas abgelegenen Weststrand zu gehen.

Als wir heimkommen, sind die anderen schon im Aufbruch. «Am Strand soll richtig was los sein!», rufen sie. «Irgendeine Goldgräberaktion oder so was. Vielleicht finden wir ja den Schatz!»

Wünsche ihnen viel Glück und übernehme wieder das Bewohnen des Hauses.

Das Tuten

Donnerstagnacht 4.20 Uhr. Es tutet in der Wohnung. Allerdings ein Tuten, das ich so gar nicht kenne. Zudem in großen Abständen. Mindestens eine halbe Minute liegt zwischen den Tutern, eher mehr.

Das Handy? Das überrascht ja immer mal wieder mit neuen Alarmtönen. Ich war oft schon erstaunt, wie viele Geräuschideen mein Handy so entwickelt. Womöglich hat das Kind eine weitere versteckte Alarmoption entdeckt oder runtergeladen und direkt eingestellt. Auf 4.20 Uhr. Als kleinen Gruß, nur um zu zeigen, dass es mit meinem Handy besser umgehen kann als ich, dass ich dieses Telefons eigentlich gar nicht würdig bin, dass dieses Smartphone gemäß der Vorsehung eigentlich zu ihm gekommen ist. Es ist sein Schatz. Ich verwahre ihn höchstens, fürchte gar seine Macht, dass es Besitz von mir ergreifen könnte.

Aber mein Handy liegt vergleichsweise entspannt neben dem Bett, während es von anderswoher unverdrossen weitertutet.

Das Taschentelefon der Freundin? Wirkt auch, als würde es schlafen.

Der Wecker? Nein, der konzentriert sich still und stoisch auf seinen großen Moment in rund drei Stunden.

4.25 Uhr. Es tutet in der Wohnung.

Gehe im Kopf die möglichen Ursachen dieses Tutens durch. Es ist erschütternd, wie viele Geräte wir in der Wohnung haben, denen ich im Prinzip ein nächtliches Tuten zutrauen würde: Drucker, Fernseher, Musikanlage, Kaffeemaschine, Waschmaschine, Digitalkamera, Toaster, Zahnbürste (ja, auch die Zahnbürste!), Ladegeräte …

4.30 Uhr. Es tutet in der Wohnung.

Laufe in alle Zimmer, gehe sämtliche Geräte mit Tutpotenzial durch. Aber nichts, jedes dieser Geräte döst ruhig vor sich hin. Zumindest, wenn ich davorstehe. Habe nämlich zusätzlich das Gefühl, die Position des Tutens würde sich verändern. Seltsam. Haben wir irgendetwas in der Wohnung, das sich bewegt und dabei gelegentlich tutet?

Die Freundin ist wach geworden. Sie herrscht mich an, warum in Gottes Namen ich denn um diese Uhrzeit in der Wohnung rumrenne? Sie sei davon wach geworden. Außerdem solle ich gefälligst mit dem Tuten aufhören.

4.40 Uhr. Laufe jetzt gemeinsam mit der Freundin durch die Wohnung, um herauszufinden, woher das Tuten kommt. Ermahne die Liebste, sie solle aufhören, vor sich hin zu schimpfen. Das erschwere es, das Tuten zu lokalisieren. Auch könne dadurch das Kind aufwachen. Sie fragt: «Was?» Ich sage, sie solle doch bitte das Kind nicht aufwecken.

Das Kind wacht auf. Fragt: «Was hast du gerade gesagt? Warum seid ihr noch wach? Habt ihr wieder heimlich Gruselfilme geguckt?» Alle drei Fragen übrigens nahezu zeitgleich innerhalb einer kurzen akustischen Welle.

Wir beruhigen sie, sagen, sie solle zurück ins Bett gehen und sich keine Sorgen machen. Es sei völlig normal, dass Eltern nachts leise vor sich hin schimpfend durch die Wohnung gehen, alle würden das so machen, wenn sie älter sei, werde sie das verstehen. Die Tochter nickt, fragt aber noch, ob es eigentlich brenne, weil die Rauchmelder würden ja die ganze Zeit tuten.

4.50 Uhr. Sitze vor den rausgeschraubten Rauchmeldern. Vor drei Jahren waren die im Angebot, deshalb haben wir da für alle Zimmer welche gekauft. Und jetzt sind gleichzeitig bei allen die Batterien leer. Daher die Warntuter alle paar Minuten, aus immer wieder anderen Richtungen. Selbstverständlich sind keine Ersatzbatterien da. Hierzu gratuliert mir die Freundin von Herzen und geht dann auch zurück ins Bett.

Na wunderbar. Falls übrigens irgendjemand mal eine Idee sucht, was man noch wirklich Sinnvolles erfinden könnte: intelligente Batterien, das fände ich gut. Das heißt, so übermäßig intelligent müssten sie gar nicht sein. Sie müssten eigentlich nur die Uhr lesen können, sich die Ladenöffnungszeiten merken und dann eben zu einer passenden Zeit leer werden.

So jedenfalls kann ich nicht wieder einschlafen. Die Vorstellung, es könnte ausgerechnet jetzt brennen, wo ich alle Batterien aus den Rauchmeldern entfernt habe, beunruhigt mich außerordentlich. Setze ich jedoch die Batterien wieder ein, bekomme ich wegen des Tutens keinen Schlaf. Eine klassische Lose-lose-Situation. Sitze den Rest der Nacht wach vor den Rauchmeldern und achte persönlich darauf, dass es nicht brennt. Als lebender Rauchmelder. The human smoke-guard.

Denke an die historischen Brandwachtmeister von Hamburg. Im 19. Jahrhundert hatte man im Hafengebiet von Hamburg aufgrund der gewaltigen Warenlager große Angst vor um sich greifenden Bränden. Deshalb gab es spezielle Brandwachtmeister, die nur gucken mussten, ob es nicht irgendwo brennt. Vor allem natürlich nachts. Da saßen sie dann bei Kerzenschein und passten auf. Bis ausgerechnet einer dieser Brandwachtmeister während der Wache einschlief, die Kerze umwarf und wohl dadurch den gewaltigen Hafenbrand von Hamburg auslöste. So zumindest sagt es eine der Legenden, die sich bis heute um den Brand ranken.

Daran muss ich übrigens immer denken, wenn die drei riesigen Ratingagenturen «Moody Blues», «Standard» und «Poor Bitch», wie sie wohl im Groben heißen, ständig behaupten, sie würden selbst gar keinen Einfluss nehmen, sie seien ja nur so eine Art Alarmwächter.

Wenn ich es drauf anlegen würde, könnte ich da wahrscheinlich eine gewiefte, scharfzüngige wirtschaftspolitische Sottise draus drechseln. Aber man will es sich ja auch nicht zu einfach machen. Schließlich ist es ja meist gar nicht der eigentliche Brand, sondern mehr die Angst davor und das dauernde Tuten der Alarmwächter, was einem am Ende diese ständige Müdigkeit beschert.

Lissabon ist keine rechtwinklige Stadt. Und erst recht ist Lissabon nicht zweidimensional. Überhaupt nicht. Es ist sogar die am wenigsten zweidimensionale Stadt, die ich kenne. In Deutschland würde Lissabon wohl als gehobenes Mittelgebirge durchgehen. Sieben Hügel hat die Stadt, und jeder einzelne davon ist höher als der Fernsehturm. Also wenigstens gefühlt. Nur damit man mal so einen Eindruck hat.

Das Stadtgebiet von Berlin ist etwa zehnmal so groß wie das Stadtgebiet von Lissabon. Würde man jetzt allerdings das gebirgige Lissabon mit einem riesigen Nudelholz ganz, ganz flach ausrollen, dann wäre es dadurch ungefähr so groß wie Berlin, plus ungefähr die Hälfte von Brandenburg. Man kann sich also Lissabon im Prinzip vorstellen wie ein zusammengeschobenes Berlin, in das zusätzlich noch eine ordentliche Menge Brandenburg mit hineingeraten ist.

Dadurch hat Lissabon beides zugleich, landschaftliche Schönheit und Großstadtleben. Wer beispielsweise mal so einen richtigen Wanderurlaub machen möchte, mit allem Drum und Dran, nur eben ohne Natur, Tiere, gute Luft und diesen ganzen Kram, dafür aber mit Café und Bäckerei an jeder Kreuzung, für den bietet sich Lissabon an. Zudem hat man wirklich viel schöne Aussicht.

So wie von dem Kiosk mit Hanglage aus, in der Straße, in der wir in Lissabon wohnen. Der Mann vom Laden spricht deutsch. Er erzählt, er habe lange in Ludwigshafen gelebt und gearbeitet. Als Elektriker. Aber zurück in Portugal, hat er doch lieber diesen Kiosk eröffnet. Er meint, wer einmal in Deutschland als Elektriker gearbeitet habe, der sei für die alten Häuser und Leitungen in Lissabon für immer verdorben. Man stehe das nervlich nicht mehr durch. Er lacht.

Frage ihn, warum er nach Portugal zurückgekehrt sei. Er schaut, als hätte ich gefragt, ob er schon einmal versucht habe, hier am Berghang den Bürgersteig hinunterzupinkeln. Andere versuchen das wohl immer wieder. Er aber macht mit leicht entrücktem Gesicht eine große, ausladende Handbewegung über das Lissabon-Panorama, das sich von seinem Kiosk aus darbietet, und entgegnet: «Kennen Sie Ludwigshafen?»

Ich entschuldige mich für meine Frage. Dann lacht er wieder, ruft: «War Witz, war Witz!», Ludwigshafen sei wunderbar, Deutschland sei wunderbar, aber als seine jüngste Tochter zum Studieren aus dem Haus sei, habe er eben beschlossen, nicht länger als Elektriker in Ludwigshafen zu bleiben. Das letzte Drittel seines Lebens wolle er lieber damit verbringen zu *erzählen*, dass er mal Elektriker in Ludwigshafen gewesen sei. Und dafür sei dieser Kiosk natürlich perfekt, weil so viele Touristen fragen würden, warum er denn so gut Deutsch könne. Als ob das so eine besondere Leistung sei, sagt er lachend, viele der deutschen Touristen hier könnten auch ziemlich gut Deutsch.

Am frühen Abend, in der noch weiter oben am Berg gelegenen Pizzeria, meint der Inhaber, er werde uns heute persönlich bedienen. Die Kellner habe er zur großen Demo gegen die rigiden EU-Sparbeschlüsse geschickt. Aber wir sollten uns keine Sorgen machen. Er und eigentlich alle, die er kenne, würden die Deutschen trotz allem noch mögen. Also außer Frau Merkel vielleicht. Dann lacht er und erzählt uns, er sei früher zur See gefahren. Auch viel auf deutschen Schiffen, mit denen er häufig in deutschen Häfen gewesen sei. Eine schöne Zeit. Die Pizzeria habe er nur, um davon erzählen zu können, wie er früher zur See gefahren sei. Meine Freundin wird mir später berichten, den Franzosen drei

Tische weiter habe er gesagt, er sei viel auf französischen Schiffen in französischen Häfen gewesen.

Ich bestelle eine Pizza Alemanha, also eine Pizza Deutschland, weil mich interessiert, was da wohl drauf ist. Also was für ein Pizza-Image Deutschland in Portugal hat. Muss an ein Interview vor einigen Jahren mit dem Chef des Tourismusverbandes von Hawaii auf der ITB denken, der großen Berliner Tourismusmesse. Wie deprimiert der war, als er zum ersten Mal in Deutschland eine Pizza Hawaii bestellt hat. Wie er mehrfach gesagt hat, das werde Hawaii einfach nicht gerecht, Schinken und Ananas mit ganz dick Käse drauf ... Überhaupt nicht werde das Hawaii gerecht. Wie er dann fast geweint hat und am Ende des Interviews auch noch gerufen: «Außerdem haben wir jede Menge Bier auf Hawaii!» Das hat mich damals wirklich berührt.

Der Mann von der Pizzeria erklärt: «Dass Portugal eine Seefahrernation wurde, ist ja nur logisch. Gerade von Lissabon aus betrachtet. Wenn man ständig so viele Berge und Treppen hinauflaufen muss wie wir hier in Lissabon, hat man natürlich irgendwann keine Lust mehr. Also sind wir zur See gefahren, Wasser hat keine Treppen. Während die Spanier wegen des Goldes losgefahren sind und die Engländer, um Kolonien zu gründen, sind wir Lissabonner eigentlich nur unterwegs, um mal ein paar Wochen keine Treppen laufen zu müssen.» – Und natürlich, um später davon erzählen zu können.

Dann kommt meine Pizza Alemanha, und ich würde gern mit dem Tourismuschef von Hawaii tauschen. Relativ gesehen, ist Ananas mit ganz dick Käse gar nicht mal so schlecht. Meine Pizza ist belegt mit Wurst. Aber nicht mit Wurstscheiben, sprich Salami oder Plockwurst, nein, es liegen zwei komplette Grillwürste auf der Pizza, dazu sehr viele

Kartoffeln und etwas, was ich zunächst für Artischocken-herzen halte, was sich jedoch beim Probieren als eine Art Rosenkohl herausstellt. Schaue auf die Pizza und stelle fest: «So schön ist Deutschland!»

Denke: Die Portugiesen sagen zwar die ganze Zeit, dass sie die Deutschen mögen und unser Land ganz toll finden. Aber mit der Pizza Alemanha kommt die Wahrheit auf den Tisch, ihre wirkliche, ehrliche Meinung. Pizzamund tut Wahrheit kund. Aber andererseits: Hat die Pizza nicht auch recht? Früher wollte Deutschland gerne ein unbarmherziges, zähes Stück Fleisch sein, heute wäre es gerne eine leichtfüßige, fein komponierte, intelligente Cremespeise oder zumindest eine raffinierte Kaffeespezialität. Doch Deutschland ist und bleibt nun mal Wurst, Kartoffeln und Kohl. Beschließe, mich da-mit abzufinden und meine Pizza zu akzeptieren. Es wird die nationale Identität gegessen, die auf den Tisch kommt. So bin ich erzogen.

Stelle dann aber zu meiner großen Überraschung fest: Deutschland schmeckt hervorragend, nein wirklich, sehr, sehr gut! Bratwurst, Kartoffeln und Rosenkohl, eine der besten Pizzen, die ich jemals gegessen habe. Also zumindest in Portugal. Stimmt es also doch, dass man erst reisen muss, um das eigene Land zu begreifen und schätzen zu lernen.

Die Pizza Portugal der Freundin war übrigens belegt mit Grillfleisch und Bratkartoffeln. Auch sehr gut, könnte man zu Hause ohne weiteres als Pizza Neukölln oder Pizza Moa-bit anbieten.

Auch wenn die Portugiesen ansonsten ein bisschen zu fett und fischlastig kochen, sind sie grundsätzlich sehr sym-pathisch. Alles im Grunde nur deshalb zu machen, um spä-ter davon erzählen zu können, gehört als Sinn des Lebens zum Einleuchtendsten, was mir bislang präsentiert wurde.

Die Welt entdecken, nur weil man zu faul ist, Treppen zu steigen – daraus könnte man eine ganze Weltanschauung basteln. Eine nicht aggressive, gemütliche und trotzdem neugierige, lebensfrohe Weltanschauung. Eine, die auch mir gefallen würde.

Tauben auf dem Dach

Der Gemüsehändler in unserer Straße ist Bulgare. Dagegen ist natürlich nichts zu sagen. Das Problem ist nur, vor einiger Zeit hat er herausgefunden, was ich mache, und es mir auch direkt mitgeteilt: «Habe dich gesehen in Fernsehen. In Komiksendung mit politische Witze.»
Ich nicke, traue mich aber nicht zu fragen, wie es ihm gefallen hat. Er sagt es mir von sich aus: «Bin eingeschlafen. Aber Mutter hat gesagt, war sehr lustig.»
Seine Mutter, die mit im Laden steht, winkt und lacht. Winke zurück. Freue mich über das Kompliment, wenngleich der Wermutstropfen bleibt, dass die Mutter, soweit ich weiß, bis heute kein einziges Wort Deutsch versteht oder spricht. Dafür der Sohn.
«Ist gut, was du machst in Fernsehen. Ich sage immer: Hauptsache, man hat überhaupt Arbeit.»
Ich nicke und lächle stoisch. Er wirkt zufrieden mit mir. Aber als ich meine Tüte mit dem Gemüse nehmen will, greift er sie plötzlich, hält sie fest, schaut mir tief in die Augen und sagt: «Kennst du das Sprichwort ‹Lieber Spatz in Hand als Taube auf Dach›?»
«Äh, natürlich.»
«Weißt du, was es bedeutet?»
«Klar, das heißt so viel wie, man soll sich lieber freuen über das, was man hat, als Wunschträumen nachzuhängen, die womöglich immer nur Träume bleiben, sprich kaum erreichbar sind.»
«Genau. Und das ist Blödsinn!»
«Was?»
«Was ist denn das für ein dummer Wunschtraum? Taube auf Dach. Die würde doch alles vollkacken.»

«Deshalb ja auch lieber den Spatz in der Hand.»

«Ja, aber nur weil man Angst hat, die Taube fliegt weg. Nicht wegen Kacken.»

«Na, das ist doch nur eine Metapher.»

«Ist schlechte Metapher. Wie können europäische Völker Führung anerkennen von Volk, was sich in seine Sprichwörter wünscht, dass ihnen das Dach vollgekackt wird? Deshalb Frau Merkel ist so unbeliebt bei andere Völker.»

«Wegen unserer Sprichwörter?»

«Allerdings. Nimm anderes Beispiel, kennst du: ‹Pünktlichkeit ist Höflichkeit von Könige›?»

«Klar ...»

«Was soll das? Warum sollen Könige höflich sein? Sie sind König! Wer will denn Schleimer-König? In Bulgarien sagen wir: ‹Wer immer pünktlich ist, auf den wartet keiner.› Das ist cooles Sprichwort.»

«Noch mal, du denkst wirklich, Angela Merkels Unbeliebtheit bei anderen Völkern geht auf unsere Sprichwörter zurück?»

«Nicht nur, aber so was macht misstrauisch. Also wenn sich einer wünscht, dass ihm Tauben aufs Dach machen. Das stört Vertrauensverhältnis. Da solltest du politisches Kabarett drüber machen.»

«Über Angela Merkel und den Wunsch, dass ihr Tauben aufs Dach ..., also quasi?»

«In Bulgarien solches Kabarett wäre sehr erfolgreich. Ich gebe dir noch ein Tipp. Wenn du weißt, dein Zahnarzt hat Vorlieben in Richtung.»

«Was?»

«Na, in Richtung!»

«In Richtung Angela Merkel?»

«Nein, in andere Richtung.»

«Was ist denn die andere Richtung von Angela Merkel?»

«Vergiss doch mal Angela Merkel. Dein Zahnarzt hat Vorlieben wie in ‹Shades of Grey›. Den Erotikbestseller.»

«Du liest ‹Shades of Grey›?»

«Nicht ich, aber meine Mutter.»

Die Mutter winkt wieder fröhlich.

«Auf Bulgarisch?»

«Was sonst? Ist übersetzt in alle Sprachen. Das sind richtig erfolgreiche Bücher! Warum sind deine Bücher nicht übersetzt auf Bulgarisch?»

«Ökonomische Zensur.»

«Was?»

«Ist egal.»

«Gut. Dein Zahnarzt hat also so Vorlieben in Richtung ‹Shades of Grey› und noch mehr, du weißt schon. Und dann er arbeitet an deine Zähne, und du weißt, was er hat gemacht kürzlich mit seine Hände. Also ungefähr. Würde dich nicht stören?»

«Äh, kann ich jetzt nicht einfach mein Gemüse haben?»

«Wenn du nicht einbaust Angela Merkel und SM-Erotik in deine Texte, wirst du nie großen Erfolg mit politischen Kabarett haben.»

Denke, dass er auf eine verquere Weise sogar recht haben könnte. Ich mag meinen Gemüsehändler. Auch wenn man hier Obst und Gemüse nicht einfach so kaufen darf, sondern es sich in strengen Gesprächen verdienen muss. Allerdings wäre ich mittlerweile wirklich froh, wenn er jetzt mal endlich meine Tüte loslassen würde. Er hat aber noch eine Erkenntnis für mich: «Die Menschen sind komisch, weißt du?»

«Allerdings.»

«Kennst du Sprichwort: Dümmste Bauer hat dickste Kartoffeln?»

«Natürlich.»

«Das ist gutes Sprichwort. Aber weißt du, wie ein Kunde guckt, wenn ich ihm rate: ‹Nimm lieber kleines Kartoffel, dann wirkst du bisschen schlauer›?»

Ich stutze.

«Hast du das etwa alles nur erzählt, damit ich noch welche von deinen kleinen Kartoffeln kaufe?»

Zufrieden lässt er meine Tüte los, grinst und dreht sich zur Seite.

«Willst du ein oder zwei Kilo?»

Nehme drei. Auch um zu beweisen, dass sich die Begegnung und Auseinandersetzung mit anderen Kulturen immer lohnt. Mit ihren Sprichwörtern, Vorlieben, Handelsstrategien und überhaupt allem. Man staunt mehr, als man meint.

Das Konzept Berge

Eines der faszinierendsten Landschaftsmodelle, mit denen man als gebürtiger Niedersachse unterwegs so konfrontiert wird, ist natürlich dieses gesamte Konzept Berge. Sehr seltsame Sache das. Insbesondere die Untergruppe «Hohe Berge» mitsamt der Special-Interest-Kategorie «Richtig Hohe Berge». Die «Richtig Hohen Berge» richten sich nicht an ein Massenpublikum, sondern sind auch innerhalb der Gruppe der routinierten Bergbenutzer eher so eine Art Fetisch. Und genau so fühlt es sich an, wenn man unbeabsichtigt in diese «Richtig Hohen Berge» gerät. Als wäre man unversehens in eine Art gigantisches Freiluft-SM-Studio gestolpert. Was schnell passiert ist, denn tatsächlich wird in diesen Bergen erstaunlich viel gestolpert, gerade von Niedersachsen oder Berlinern.

Auch von der Ausrüstung her gibt es klare Parallelen zum SM-Studio. Seile, Ketten, spitze Stöcke, sinnloses Geraffel und Wanderpeitschen ergänzen die bunte Funktionskleidung, unzählige lose baumelnde Schnüre und Kordeln laden zu neckischen Fesselspielchen ein, und sei es nur, weil sie sich im Lift verfangen, wodurch Adrenalinspiegel und Blutdruck der an dieser Kleidung dranhängenden Bergbenutzer in ungeahnte Höhen getrieben werden. Manch Rucksack oder Allwetterjacke, die herrenlos im Liftsessel verheddert über den Berg gerumpelt wird, erinnert an unvergessliche Momente großer Panik, in denen sich jemand mit knallrotem Kopf und schreckgeweiteten Augen gerade noch rechtzeitig aus den festhängenden Kleidungsstücken befreien konnte, bevor er sonst unweigerlich wieder den gelangweilten Berg hinaufgeschleift worden wäre.

Als ich das erste Mal nach Garmisch-Partenkirchen kam,

war ich trotz allem durchaus beeindruckt von diesen Bergen. Also das sind schon Oschis, die kann man nicht einfach so ignorieren. Man sieht dort ja vor lauter Bergen quasi schon die Landschaft nicht mehr. Noch dazu haben sie eine Kraft, diese Berge. Eine unheimliche, furchteinflößende Kraft. Als ich am nächsten Morgen aufwachte, brüllte wahrhaftig eine Stimme in mir: «Naufi muss i, naufi! Auff 'n Berg, naufi!! Naufi, naufi muss i, naufi!!!»

Also bin ich halt mal rauf. Auf den Hausberg. Der fängt praktisch schon im Ort an und wird dann schnell unglaublich steil. Also dermaßen steil, dass ich direkt dachte: Boarh, unnötig steil, der Berg. Auch die innere Stimme hatte durch den Kontakt mit einem realen Berg ihre Meinung geändert, brüllte nicht mehr «Naufi!», sondern eher: «Schwachkopf, Schwachkopf! Du bist ein Idiot, Schwachkopf! Was machst du hier? Schwachkopf!»

Immerhin habe ich so begriffen, warum sich das Konzept Berge in Norddeutschland eigentlich nie richtig durchgesetzt hat. Es ergibt überhaupt keinen Sinn, dieses Bergzeug. Berge machen einfach nur müde. Was soll das? Als Norddeutscher möchte ich da einmal zum Nachdenken anregen und feststellen: Man kann auch ohne Berge müde sein. Aber hallo kann man das! Und wie! Das ist nur eine Frage von Disziplin und Willensstärke.

Als ich rot und nass geschwitzt, mit der Körperbeherrschung und Anmut eines Klumpen Hacks in der Sonne, nach rund zwei Stunden eine kurze Rast machte, stürmte ein älterer, aber rüstiger Bergbayer in unfassbarem Tempo an mir vorbei. Kurz vor meiner Höhe sprach er mich an: «Horschihahiuahuabergohoamihoama!»

Ich weiß bis heute nicht, was er gesagt hat. Aber ich glaube, er hat es gut gemeint, weshalb ich erwiderte: «Ja, die sind aber auch echt hoch, diese Berge, echt hoch! Da rechnet man ja nicht mit. Und steil sind die, meine Herren.»

Darauf antwortete er wirklich ausgesprochen freundlich in gut verständlichem Hochdeutsch: «Ach, da müssen Sie einfach in der Nebensaison noch einmal wiederkommen, Ende Oktober. Da haben wir hier Preußenwochen. Da machen wir die Berge nur halb so hoch.»

Das war mal eine interessante Information. Hätte mir ruhig mal einer vorher sagen können. Ich bin dann sofort umgedreht, dadurch war der Berg ja quasi auch nur halb so hoch.

Am Kölner Hauptbahnhof. Es wimmelt von Fußballfans. Köln hat gerade sehr überraschend 3:2 gegen Bayern München gewonnen. Jetzt begegnen sich die Fans am Bahnhof. Also quasi. Und ich bin mittendrin.

Ich stehe auf dem Bahnsteig mit den Gleisen 8 und 9, um nach Dortmund zu fahren. Rechts davon ist der Bahnsteig mit den Gleisen 6 und 7, wo sich jede Menge Bayern-Fans aufhalten, um von hier den ICE nach München zu nehmen. Links hingegen, auf dem Bahnsteig mit den Gleisen 10 und 11, warten Massen von Fans des 1. FC Köln auf irgendeinen Regionalzug Richtung Siegerland. Um sich die Zeit zu vertreiben, brüllen sich die Fans ihre Fangesänge zu. Immer über meinen Bahnsteig hinweg.

Das ist eine ungewöhnliche, aber nicht uninteressante Form der Unterhaltung. Die siegestrunkenen Kölner singen: «Zieht den Bayern die Lederhosen aus, Lederhosen aus ...» Die niedergeschlagenen Bayern-Fans antworten mit einem aktuellen Bezug: «Ihr könnt keine U-Bahn bauen, ihr könnt keine U-Bahn bauen ...»

Kurze Anmerkung: Ich hatte dieses Erlebnis am Kölner Hauptbahnhof schon vor längerer Zeit, was man auch am Spielergebnis erkennen kann. Hätten die Kölner Fans damals geahnt, was vereinstechnisch auf sie zukommt, also gewusst, dass dies der letzte Sieg gegen Bayern München für sehr lange Zeit sein würde, schon deshalb, weil man bald nicht mehr in einer Liga spielen würde, hätten sie womöglich noch viel, viel lauter geschrien. Ende der Anmerkung.

Einen der hübschesten Fußballgesänge habe ich mal im Stadion von Havelse gehört. Bei einem Pokalspiel gegen den 1. FC Nürnberg wurde dort gesungen: «Ihr seht viel kleiner

als im Fernsehn aus! Und dicker! Und dicker! Und dicker
seid ihr auch!»

Die Nürnberger Spieler hat das damals so irritiert, dass sie
das Spiel tatsächlich verloren haben.

In einem Pokalspiel im spanischen San Sebastián haben die
Fans beim Elfmeterschießen immer laut die Ecke gerufen,
in die der Schütze des gegnerischen Teams schießen sollte.
«Unten links!», «Oben rechts!» oder «Mitte oben», natürlich
auf Spanisch. Die Spieler des FC Sevilla haben daraufhin
vier von fünf Elfern verschossen und sind ausgeschieden.

Die Kölner Fans nehmen die Melodie des «Keine-U-Bahn-
bauen»-Liedes auf und wählen den Klassiker: «Ihr könnt
nach Hause fahren, ihr könnt nach Hause fahren …»

Die Bayern-Fans antworten: «Und ihr müsst hierbleiben, ja
ihr müsst hierbleiben!»

Eigentlich könnte man so ganze Theaterstücke aufführen.
Also das Publikum steht auf dem mittleren Bahnsteig, während links und rechts auf den Bahnsteigen sich Schauspieler über das Publikum hinweg ihren Text zubrüllen. Auch
politische Diskussionen könnte man so veranstalten. In der
Mitte die Wähler, links und rechts skandieren die Parteien
ihre Programme. Wie Fußballgesänge. So etwas kann sehr
überzeugend sein.

Kürzlich saß ich in einem Regionalexpress von Kassel nach
Bielefeld. Mit mir Hunderte von Arminia-Bielefeld-Fans, die
von einem Auswärtsspiel in Burghausen kamen. Diesen Fans
war es streng untersagt worden, Alkohol im Zug zu trinken,
weshalb sie sich während der fast zweistündigen Fahrt die
Zeit damit vertrieben, durchgehend in einer recht leiernden
Melodie zu singen: «Alkohooolverbooot im Regionaaalexpress, Alkohooolverbooot im Regionaaalexpress …» Ohne
Unterbrechung, hundertzwölf Minuten lang. Noch heute

wache ich manchmal nachts auf und träume von dieser Melodie. In jedem Fall bin ich seitdem ein entschiedener Gegner des Alkoholverbots im Regionalexpress.

Die Köln-Fans singen nun etwas kaum Verständliches, inhaltlich beschäftigt es sich aber wohl mit der Vermutung, die Eltern der Bayern-Fans hätten vier Beine gehabt oder seien Geschwister gewesen oder beides.

Das veranlasst die Bayern-Fans, bevor sie in ihren Zug steigen, mit der gewagten These zu antworten: «Euer Dom ist schwul!»

Die Köln-Fans aus dem Siegerland entgegnen vergleichsweise schlagfertig: «Naaa uunnd?»

Dann fährt der Münchner Zug ab. Die FC-Fans jubeln ihm noch etwas halbherzig hinterher, bleiben dann fast ein wenig traurig zurück und schauen sich ratlos um, ob nicht doch vielleicht noch irgendwo jemand ist, gegen den sie heute gewonnen haben. Sieht nicht so aus.

**Die schönsten Weihnachtsmärkte der Welt (Folge 27):
Der Wikinger-Weihnachtsmarkt von Rostock**

Ich weiß nicht, ob Rostock noch einen zweiten, größeren Weihnachtsmarkt hat. Wahrscheinlich, denn der Wikinger-Weihnachtsmarkt ist wirklich klein. Sieben Buden, von denen drei geöffnet haben. Dazu noch ein echter Wikinger, der eine Art Wikinger-Event-Areal betreibt. Insgesamt soll der Markt, der direkt vor einem dieser Kaufhausklötze mit circa hastenichgesehnpaarhundertwennnichmehr Geschäften auf ungefähr jibtsjajarnichzigsteliarden Quadratmetern Verkaufsfläche stattfindet, eine traditionelle Wikinger-Weihnacht darstellen.

Nun gut, bedenkt man, dass Weihnachten ja eigentlich das Fest zur Geburt Jesu Christi ist, und berücksichtigt ferner, wann ungefähr die Wikinger so geherrscht und an welche Götter sie letztlich geglaubt haben, ist die Vorstellung, es gäbe so etwas wie eine traditionelle Wikinger-Weihnacht, alles in allem – überraschend. Aber egal.

Der Wikinger, der sich zusätzlich auch noch ein bisschen als Weihnachtsmann verkleidet hat, fragt mich, ob ich eine Wikinger-Urkunde erlangen wolle. Diese werde mich, so ich die Prüfungen bestehe, als echten Wikinger ausweisen und mir zudem einen Ermäßigungscoupon für eine Begleitperson beim Besuch des neuen Wickie-Films bescheren. Der Coupon gelte allerdings nicht für die Kinokarte, sondern nur für ein Wickie-Menü, bestehend aus einem Erfrischungsgetränk, Wikinger-Nachos sowie einem kleinen Geschenk, das ich – wörtliches Zitat! – «frei auswählen kann, sofern vorhanden».

Denke: Na, wer da nicht mitmacht, dem kannste aber mit nix mehr 'ne Freude machen. Der kann sich den Baum für seinen Sarg schon mal pflanzen.

Die Prüfung besteht aus drei echten Wikinger-Aufgaben. Die erste ist Dosenwerfen. Guck, schon wieder so eine Sache, die ich nicht über die Wikinger wusste. Wer hätte gedacht, dass die gern auf Dosen geworfen haben. Tatsächlich, muss ich zu meiner Schande gestehen, wäre ich mir nicht einmal sicher gewesen, ob die damals überhaupt schon Dosen hatten. Immerhin sind die Dosen mit Elchgesichtern bemalt. Vielleicht ein Kompromiss. Wahrscheinlich haben die Wikinger damals auf zu Pyramiden gestapelte Elche geworfen.

Mit meinem dicken Wintermantel bin ich leider ziemlich gehandicapt. Der erste Wurf geht komplett an den Elchen vorbei. Peinlich. Der Wikinger guckt mich müde an, sagt: «Bestanden.»

Weise darauf hin, dass ich noch zwei Bälle habe.

Er schüttelt den Kopf. «Ist egal, Sie haben bestanden!»

Die zweite Aufgabe sind Wissensfragen über die Wikinger, im Multiple-Choice-Verfahren. Für die erste Frage: «Wie heißt der Herkunftsort der Wikinger?» gibt es als Antwortmöglichkeit: a) Skandinavien, b) Afrika und' c) Wyk auf Föhr. Weil ich aus einem tragischen Zwang heraus noch origineller sein möchte, antworte ich: «Reinickendorf. Die

Lösung ist Reinickendorf.» Er sagt «Richtig», und wir gehen über zu Frage zwei: «Was ist das Getränk der Wikinger?» Meine Vermutung «Bubble Tea» wird zu meiner großen Überraschung genauso als richtig bewertet wie mein Lösungsvorschlag für die letzte Frage: «Wie hießen die Schiffe der Wikinger?» – «Marianne und Michael.» Offensichtlich weiß ich doch mehr über die Wikinger, als ich selbst angenommen habe.

Jetzt fehlt nur noch eine Aufgabe, und schon erhalte ich meine Abschlussurkunde als echter Wikinger. Das wäre mein größter Ausbildungserfolg seit dem Taxischein, also seit über zwanzig Jahren. Ich bin entsprechend motiviert.

Ich muss in einem Parcours circa anderthalb Meter hohe Wackelfiguren abwechselnd mit einem Holzschwert umhauen und mit einem fröhlichen Wikinger-Helm umstoßen, den ich auf den Kopf bekomme. Alles in einem lustigen, dicken, schweren Wikinger-Fell, das man mir zusätzlich übergeworfen hat. Nicht einfach, zumal der Weg vereist ist. Fast so, als wäre absichtlich Wasser drübergeschüttet worden. Gehe vorsichtig zu den Figuren, stupse ein bisschen mit dem Holzschwert dagegen und will mir dann die Urkunde abholen. Der Mann sagt: «Durchgefallen. Zu langsam.»

Ich verstehe nicht direkt. «Wie? Heißt das, ich kriege jetzt keine Urkunde?»

«Nee, Sie waren zu langsam. Wollen Sie noch mal?»

Denke, ich werde hier nicht ohne Wikinger-Urkunde weggehen. Im zweiten Versuch rutsche ich zwar drei-, viermal aus, bin aber ansonsten wirklich zügig unterwegs. Der Mann schüttelt den Kopf: «Durchgefallen. Die Figuren müssen wenigstens dreißig Grad gekippt sein.»

Ich trete noch mal an. Mittlerweile sammelt sich erstes Publikum. Beim dritten Versuch falle ich durch, weil ich beim

Schlagen «Hejo!» hätte rufen müssen, beim vierten, weil ich öfter als dreimal gestürzt bin. Beim siebten oder achten Anlauf hat sich schon eine richtig große Menschenmenge um den Parcours gebildet. Sie feuern mich an. Ich schwitze wie in einer echten Wikinger-Sauna, renne und schlage sinnlos auf die Kippfiguren. Doch erst beim zwölften oder fünfzehnten Durchgang sagt der Mann plötzlich: «Bestanden! Glückwunsch!»

Alle freuen sich, klatschen und ziehen dann weiter über den Wikinger-Markt.

Während ich das Kostüm ausziehe und die Urkunde bekomme, meint mein Prüfer: «Wissen Sie, es ist echt nicht leicht, Leute zu diesem Scheiß-Wikinger-Markt zu locken. Es braucht immer jemanden, der sich für diese dritte Aufgabe qualifiziert und dann in diesem albernen Wikinger-Kostüm wie ein Idiot versucht, die Wackel-Wikinger zu treffen. Erst das lockt die Leute an. Wenn sich einer so richtig zum Lappen macht. Im Prinzip funktioniert das ähnlich wie bei ‹Deutschland sucht den Superdings›, nur halt mit Wikingern und noch popliger. Aber als ich Sie gesehen habe, wusste ich gleich, Sie sind mein Mann.»

Denke: Na und? Dafür habe ich jetzt eine Wikinger-Urkunde. Endlich mal eine wirklich abgeschlossene Ausbildung. Und die ist sehr viel ehrlicher erworben als mancher Doktortitel.

Die Glückstrinker vom Marheinekeplatz

Am Marheinekeplatz in Kreuzberg, vor den Wasserbrunnen, sitzt eine Gruppe alteingesessener, routinierter Alltagstrinker. Sie haben ein großes, schmuckvolles Plakat dabei, auf dem in sieben verschiedenen Sprachen – also auf Englisch, Französisch, Spanisch, Japanisch, Russisch, Chinesisch und Deutsch – geschrieben steht: «Traditionelle Altberliner Trinker in landesüblicher Tracht. Pflegen hier altes Berliner Brauchtum: das öffentliche Trinken. Ehrwürdige Überlieferungen besagen, diesen Traditionstrinkern ein Getränk auszugeben bringe Glück.» Die Überschrift des Plakats lautet: «Die Glückstrinker vom Marheinekeplatz.»

Einer der Trinker erzählt mir, seit sie dieses Plakat hätten, kämen sie mit dem Trinken oft gar nicht mehr nach. Dermaßen viel bekämen sie ausgegeben. Er habe schon kistenweise volle Flaschen zu Hause stehen, die er irgendwann am Wochenende alle in Überstunden nacharbeiten müsse. Aber die Touristen brauchten nun mal das Glück, und irgendwer müsse die dafür ausgegebenen Getränke natürlich auch trinken. Sonst würde das Ganze ja gar nicht funktionieren. Das wäre dann ja quasi reine Scharlatanerie. Sie seien aber seriöse Glückstrinker. Das sei Ehrensache. Mal angenommen, er würde erfahren, dass jemand, dessen Spende er nicht getrunken habe, kurz darauf einen schweren Unfall gehabt hätte, mit viel Pech. Er würde sich das nie verzeihen, womöglich abgleiten, die Kontrolle über sein Leben verlieren und mit dem Trinken anfangen. Also noch mehr. Quasi mehrfacher Alkoholiker werden. So wie man in einigen Ländern ja auch zu mehrfach lebenslänglich verurteilt werden könne. Hätte er allerdings das spendierte Getränk gewissenhaft getrunken, wüsste er, dass der Unfall, egal wie unglücklich, keinesfalls seine Schuld gewesen wäre. Die Ausübung einer jeden Tätigkeit bedürfe eben des Respekts und der Ernsthaftigkeit. Das gelte auch und gerade fürs Trinken. Eine Existenz, die auf einer Lüge aufbaue, werde selbst zur Lüge. Wer das nicht begreife, solle besser erst gar nicht mit dem Glückstrinken anfangen.

Wenn der Ansturm allerdings so weitergehe, werde man demnächst wohl, um der Nachfrage Herr zu werden, zusätzlich Billigtrinker aus Osteuropa verpflichten müssen. Vielleicht werde man aber auch expandieren und das traditionelle Glückstrinken bald auch auf anderen Berliner Plätzen oder sogar in anderen Städten anbieten. Eventuell könnten die traditionellen Glückstrinker sogar zu einer weltweiten Kette werden, wie Starbucks oder Subway.

Die Glückstrinker vom Marheinekeplatz. Ein schönes Stück Zukunft, mitten in der Stadt.

Das Hobby zum Beruf gemacht

Donnerstagnachmittag. Sitze im Café und höre Holger zu. Er hatte sich mehr als eine Stunde verspätet. Was nicht schlimm war. Im Gegenteil, Holger ist der einzige Mensch auf der Welt, bei dem ich mich freue, wenn er sich verspätet. Denn ich liebe seine Begründungen. Es wäre eine große Enttäuschung gewesen, wenn Holger pünktlich erschienen wäre und ich keine liebevolle Ausrede von ihm bekommen hätte.

Doch stattdessen läuft Holger gerade zur Höchstform auf: «Also, da bin ich in dieser Straßenbahn und denke noch, es wird zwar knapp, aber im Groben werd ich's noch pünktlich schaffen, da bleibt die plötzlich stehen! Weil jemand mit einem Kinderwagen, also dem Reifen des Kinderwagens, in den Schienen hängen geblieben ist. Ging nicht mehr raus. Konnteste rütteln und zerren. Bewegte sich gar nichts. Wurden also schließlich die Kosten gegengerechnet. Was ist teurer – der Kinderwagen oder die Straßenbahn noch länger blockiert zu lassen? Am Ende hat der Fahrer uns Fahrgäste abstimmen lassen. War natürlich 'ne klare Sache. Alle sind sich einig: Der Kinderwagen wird plattgemacht! Von unserer Straßenbahn. Vorher natürlich noch evakuiert. Der Kinderwagen, klar. Wurde alles rausgenommen: Decke, Spielzeug, Fläschchen und so weiter. Und das Kind natürlich auch, logisch. Dann sind alle Fahrgäste wieder in die Straßenbahn und riefen: ‹Gib's ihm!›

So, jetzt hatte der Kinderwagen aber so eine ganz moderne Titan-Aluminium-Stahl-Hydraulik-Pufferfederung. Für alle Fälle hat der das, also falls man mit dem Kinderwagen mal offroad unterwegs ist. Beispielsweise in den Pyrenäen, im Amazonas-Delta, an der Beringstraße, auf dem Mond oder was weiß ich, wo. Überall dort hätte man mit diesem Kinderwagen wahrscheinlich ohne Probleme langfahren können. Denn dafür hat er ja die Titan-Aluminium-Stahl-Hydraulik-Pufferfederung. In all diesen Gegenden haben sie den Kinderwagen getestet. Eben im Gebirge, in der Eiswüste, im tropischen Sumpf, überall. Das einzige Gelände, wo sie ihn leider nicht getestet haben, das war im Prenzlauer Berg, also speziell in der Nähe der Straßenbahnschienen. Schade. Aber das konnte ja auch keiner ahnen, dass der Kinderwagen da mal hinkommen würde.

So, nun hatten die Schienen diese Titan-Aluminium-Pufferfederung zwar in eine Falle gelockt, aber deshalb hatte die Straßenbahn noch lange nicht gewonnen. Denn der Kinderwagen konnte mit seiner Amazonas-Nahkampfausbildung die Straßenbahn immer noch spielend fertigmachen. Zumindest bewies er unfassbare Nehmerqualitäten. Die Straßenbahn wollte es erst gar nicht glauben. Mehrfach wurde sie zurückgestoßen, um immer wieder mit Karacho in den Kinderwagen reinzurattern. Aber da ging nix, der war einfach nicht kaputtzukriegen. Bis Straßenbahn und Kinderwagen dann so ineinander verheddert waren, dass die Tram auch nicht mehr zurück und schließlich gar nicht mehr fahren konnte. Die nächste konnte ich logischerweise nicht nehmen, weil eine Straßenbahn kann die andere ja schlecht überholen. Deshalb musste ich den ganzen Weg zu Fuß laufen und hab mich nun also doch ein bisschen verspätet.»

Ich lache: «Ein bisschen? Du bist mehr als eine Stunde zu spät. Wenn man die Dauer der Verspätungserklärung mitrechnet, sind es sogar anderthalb Stunden! Aber ist nicht so schlimm. Allerdings muss ich jetzt los. Julia wartet. Ich soll auf ihre Zwillinge aufpassen.» Nehme meine Jacke und verabschiede mich. Bin zufrieden. Das war perfekt getimt, denn abgesehen von seinen sehr schönen und originellen Verspätungsausreden sind Gespräche mit Holger oft eher anstrengend.

Zurzeit arbeitet er als Therapeut erfolgreich gegen das Gefühl von Einsamkeit. Er ist wirklich gut darin. Also er besucht Leute, die unter ihrer Einsamkeit leiden, und redet mit ihnen. Er redet sehr gern, sehr viel, sehr schnell, und das mehrere Stunden lang. Es strengt ihn nicht an. Er merkt das nicht einmal, für ihn ist das wie Atmen. Am nächsten Tag besucht er seine Klienten wieder und redet weiter auf sie ein. Am dritten Tag noch mal, und am vierten muss er meistens schon gar nicht mehr kommen, weil er den Leuten bereits ausreichend geholfen hat. Im Prinzip sind die zwar immer noch einsam, aber sie empfinden das Alleinsein plötzlich als sehr angenehm, als großes Geschenk. Nach Holgers Therapie sind sie sehr viel glücklicher mit ihrem Leben als vorher. Holgers Erfolgsquote liegt bei nahezu hundert Prozent. So etwas ist ein großes Talent, und dafür bewundere ich ihn durchaus. Er hat hier quasi sein Hobby zum Beruf gemacht.

Aber auch den Quatsch, den er sich immer ausdenkt, um sein notorisches Zuspätkommen zu entschuldigen, finde ich wirklich hübsch. Mir macht Holger meistens gute Laune. Gute Laune, die auch an diesem Donnerstagnachmittag anhält, bis ich feststelle, dass der gesamte Straßenbahnverkehr in der Stadt wegen eines in den Schienen hängen gebliebenen Kinderwagens zusammengebrochen ist und ich durch den halben Prenzlauer Berg laufen muss.

Na, wenigstens habe ich so eine prima Ausrede für mein Zuspätkommen bei Julia.

Pädagogische Freiheiten

Montagnachmittag. Passe auf die fünfjährigen Zwillinge von Julia auf. Gerade zeige ich ihnen, wie man bei einem Prinzenrollenkeks ganz vorsichtig den oberen Keksdeckel abnehmen kann, die Schokolade innen rauskratzt, sodass nur außen ein kleines Schokoladenmäuerchen bleibt, auf das man dann den oberen Keksdeckel wieder drauflegt, wodurch ein hohler Prinzenrollenkeks entsteht, den man dann ohne weiteres in die Packung zurücklegen kann. Es würde also niemand bemerken, wenn man aus einer Packung Prinzenrolle die gesamte innere Schokolade rausnaschte.

Wenn ich auf die Kinder aufpasse, bemühe ich mich immer, mit ihnen mal was Ungewöhnliches zu machen, wofür den Eltern doch meist die Zeit fehlt. Später werde ich mit den Kindern noch überlegen, was man in so einen Prinzenrollenkeks statt der Schokolade reintun könnte: saures Brausepulver, superscharfe Halspastillen oder ein Stückchen Stinkekäse etwa. Vielleicht haben die Kinder aber auch eigene Ideen. So wird aus einer schlichten Geschicklichkeitsübung – vorsichtig den Deckel lösen, Schokolade rauskratzen, Deckel sanft wieder draufdrücken – am Ende sogar noch etwas, was die Kreativität anregt und fördert. Ich glaube, ich bin schon ein ziemlich guter Babysitter. Außerdem ist, wenn ich ihnen wohldosiert nervigen Scheiß beibringe, auch auf elegante Weise sichergestellt, dass ich nicht zu häufig als Babysitter angefragt werde.

Als sie drei Jahre alt waren, habe ich ihnen beispielsweise beigebracht, wie man mit zwei faulen Äpfeln, einer braun gewordenen Banane, einer großen Plastikschüssel und einem Handtuch sein eigenes, riesiges Fruchtfliegenvolk züchten kann. Ich wurde ein Jahr lang nicht mehr als Babysitter angefordert. Und das, obwohl doch allgemein bekannt ist, wie positiv es für die Entwicklung von Kindern ist, wenn sie möglichst früh lernen, Verantwortung für Tiere zu übernehmen.

Für mich ist es natürlich auch entspannend, auf Kinder aufpassen zu dürfen, für deren Erziehung und weitere Entwicklung man jetzt nicht so wahnsinnig verantwortlich ist. Also nicht in dem Maße wie bei eigenen Kindern. Man rein pädagogisch daher auch mal ein bisschen Freiraum hat. Nicht immer nur das Wohl der Gesellschaft und der Eltern im Blick haben muss.

Man kann darüber streiten, ob es erzieherisch zwingend notwendig ist, den Kindern beispielsweise das Abfüllen von Mayonnaise in leere Shampooflaschen beizubringen. Aber wer würde sie denn sonst solche Dinge lehren? Dafür hat man doch Freunde. Die Zwillinge sind in jedem Fall mit bemerkenswerter Geschicklichkeit, Intelligenz und Eigeninitiative bei der Sache. Besser, ich bilde sie aus als jemand, der nur Unsinn im Kopf hat.

Zudem muss ich zugeben, dass ich kürzlich beim Frühstück in ein Croissant gebissen habe, das die beiden mir am Abend zuvor mitgegeben hatten, und mir die scharfe Tabascosauce, die sie da wohl irgendwie reingespritzt haben, fast die Zunge weggeätzt hätte. Da war ich doch, bei allem Rotz und allen Tränen, die mir übers Gesicht liefen, schon auch ziemlich stolz auf die beiden Racker. Die Macht ist stark in ihnen. Bald schon werde ich ihnen vermutlich nichts mehr beibringen können.

Was würde Dschingis Khan tun?

Frank und Martin sind umgezogen. In eine schicke Wohnung in Spandau. Ins Hochparterre eines Hauses mit einem riesigen Garten im Innenhof, den sie natürlich mitbenutzen können. Das finden Frank und Martin super. Noch mehr als sie freut sich über diesen Innenhof allerdings ihr Kater. Für den ist Spandau und das neue Areal die Sensation überhaupt.

Nur einen Haken gibt es. Zur Hausgemeinschaft, die eigentlich irrsinnig nett ist und Frank und Martin bereits mit offenen Armen aufgenommen hat, zu dieser Hausgemeinschaft gehören auch einige Katzen, die mit Freude frei im Innenhof laufen gelassen werden. Deshalb ist es leider Bedingung, dass Franks und Martins Kater kastriert wird, bevor er in diesen Innenhof darf. Das ist für Dschingis Khan natürlich sehr bitter.

Hätten Frank und Martin geahnt, dass sie ihren Kater mal kastrieren lassen müssen, hätten sie ihn vielleicht nicht ausgerechnet Dschingis Khan genannt. Doch das ist wohl nur ein Aspekt der Probleme, die sich nun für sie ergeben.

Mein Verhältnis zu Dschingis Khan ist ohnehin ein angespanntes. Als er vor ungefähr vier Jahren ganz neu bei Frank und Martin war und die beiden Bedenken hatten, ihn allein in der Wohnung zu lassen, hatte ich mich für einen Abend bereit erklärt, auf das Tier aufzupassen. Nur fünf Minuten nachdem meine Freunde zum Theater aufgebrochen waren, hat Dschingis Khan irgendwie einen wertvollen Füllfederhalter vom Schreibtisch über den Balkon im dritten Stock bis runter auf den Bürgersteig gefegt. Dann hat das Tier seelenruhig beobachtet, wie ich ins Treppenhaus geeilt bin und mir vor der Wohnungstür meine Schuhe angezogen habe, um den Füller zu holen. Bis heute bin ich der Überzeugung, dass der Kater gegrinst hat, als er die Tür zustieß. Mit innen steckendem Schlüssel.

Obwohl ich höchstens zehn Minuten später mit Hilfe des Nachbarn und seines Werkzeugs die Tür aufbrechen konnte, hatte Dschingis Khan schon die Zeit für einen blutigen, erbarmungslosen, alles zerstörenden Eroberungszug durch die Wohnung genutzt. Frank und Martin haben natürlich mir die Schuld gegeben, das arme Tier hingegen getröstet und bedauert. Bis heute plagt sie ein schlechtes Gewissen gegenüber dem Kater, weil sie ihn mit mir alleine gelassen haben. Dschingis Khan nutzt dieses schlechte Gewissen weidlich aus. Er führt wahrlich das grausame, egozentrische Regiment eines Kater-Soziopathen.

Deshalb habe ich es seither auch vermieden, Frank und Martin, vor allem aber Dschingis Khan zu besuchen, und meine beiden Freunde nur noch bei mir oder auf neutralem Boden getroffen. Doch vor einiger Zeit hat nun ein Katzenpsychologe eine Art Trauma bei mir festgestellt, quasi eine willkürliche Katzenantipathie. Ich würde, sagte er, ungeklärte, offene Konflikte mit Katzen in mir tragen, die ich erst lösen müsste, bevor ich meinen inneren Frieden fände. Also habe ich nun doch eine Einladung der Freunde in die neue Spandauer Wohnung angenommen. Zumal Frank und Martin auch noch meinten, es gebe eine gute Gelegenheit, mein Versagen bei Dschingis Khan wiedergutzumachen.

Nachdem die beiden mich empfangen haben, führen sie mich kurz durch die Räume. Im wunderschönen, sonnigen Wintergarten sehe ich den Kater breit ausgestreckt liegen und dösen. Um ihn nicht zu stören, setzen wir uns in die dunkle kleine Küche.

Sage: «Und? Wann ist denn jetzt der große Tag von Dschingis' Schnippschnapp?»

Martin flüstert: «Psst, nicht so laut, er weiß noch nichts davon.»

«Ah, verstehe, soll wahrscheinlich eine Überraschung werden.»

Dschingis kommt rein und schlägt mir zur Begrüßung gelangweilt drei Krallen in die Wade.

Frank ist gerührt. «Guck mal, wie süß, er erinnert sich noch an dich.»

Ich singe: «Dsching, Dsching, Dschingis Khan! Er zeugte sieben Kinder in einer Nacht, hey!»

Dschingis schlägt mir auch die Krallen der zweiten Pfote in die Wade. Irgendwann aber verliert er die Lust und geht wieder zurück zu seinem Sonnenplatz. Als Martin meine Wunden versorgt, erklärt er: «Wir haben Angst, dass Dschingis Khan uns böse ist, wenn wir ihn kastrieren lassen.»

«Joah, nicht auszuschließen.»

«Eben, und deshalb dachten wir, dass du das für uns machen könntest. Ich meine, dich hasst er doch sowieso schon. Bei dir ist es doch egal.»

«Wie, egal? Das ist doch wohl ein Riesenunterschied. Bis jetzt hasst er mich völlig grundlos. Wogegen dann sein Hass ja quasi legitim wäre.»

«Na ja, immerhin hast du ihn damals allein in der Wohnung gelassen.»

«Von wegen. Das Tier hat mich ausgetrickst!»

«Willst du etwa sagen, der Kater ist intelligenter als du?»

«Das hat nichts mit Intelligenz zu tun, glaube ich. Er ist nur skrupelloser, gerissener und brutaler.»

Martin lächelt. «Wenn du meinst. Aber dann stell dir doch die Situation mal andersherum vor. Also angenommen der

Kater stünde vor der Entscheidung, ob er dich, Horst, kastrieren lässt oder bei uns, seinen Freunden, Punkte verliert. Was, denkst du, würde Dschingis Khan tun?»

Knapp fünf Minuten später bin ich mit dem Kater auf dem Weg zum Tierarzt.

Um sich unangreifbar zu machen, haben Frank und Martin noch eine seltsame Schmierenkomödie beim Abschied gespielt: «So, Horst, dann geh mal ein bisschen raus mit Dschingis. Und nicht, dass du heimlich in irgendeine Praxis mit ihm gehst oder so. Wir verbieten dir ausdrücklich, irgendetwas mit Dschingis zu machen, was ihm nicht gefällt!» Dabei haben sie seltsam die Augen verdreht und gezwinkert.

Nachdem mir Dschingis in der Praxis noch zwei-, dreimal routiniert seine Krallen in Arme und Bauch gehauen hat, darf ich sogar im Wartezimmer Platz nehmen und muss gar nicht bei der eigentlichen Prozedur dabei sein.

Ich verarzte notdürftig meine Wunden und bin zufrieden. Immerhin habe ich etwas Gutes getan. Ich habe Frank und Martin wirklich geholfen. In einer echten Notlage. Vermutlich werden sie mir auf ewig dankbar sein. Ist es nicht das, was Freundschaft ausmacht: sich aufeinander verlassen können?

Der kleine Plastiklautsprecher im Wartezimmer fängt an zu rauschen. Dann beginnt scheppernd eine Durchsage aus dem Behandlungszimmer: «Soo, der Herr Evers, der hier seinen Kater zum Einschläfern vorbeigebracht hat – es ist vollbracht, Sie können sich jetzt von Ihrem Tier verabschieden.»

Uii. Vielleicht sollte ich auch nicht zu viel Dankbarkeit von Frank und Martin erwarten. Überlege, wie ich es ihnen erkläre. Möglichst schonend vielleicht: Also, das kennt man doch, wenn man beispielsweise im Restaurant etwas bestellt, und dann gibt es aber ein Missverständnis in der Küche, und man bekommt etwas völlig anderes, was man gar nicht wollte und auch gar nicht mag. Eigentlich. Quasi so ein Missverständnis hat es jetzt auch bei Dschingis Khan gegeben. Nur ein bisschen erheblicher und endgültiger als im Restaurant.

Als ich im Behandlungsraum den leblosen Kater sehe, tut er mir natürlich schon leid. Das habe ich wirklich nicht gewollt. Merke, wie ich feuchte Augen kriege.

Die Ärztin kommt rein. Als sie mich sieht, brüllt sie sofort los: «Na toll, Mario, hast du wieder deinen Einschläferwitz gemacht? Jetzt hab ich hier den Mann blöde und heulend rumstehen.» Dann dreht sie sich zu mir: «Keine Angst, der ist nur betäubt. Könnse mitnehmen, der wacht zu Hause wieder auf und ist ganz der Alte. Also außer natürlich … Sie wissen schon. Aber wennse dem Tier nichts davon sagen, merkt der das womöglich nicht mal. So was vergessen Männer schnell.» Sie lacht.

Nehme den Kater erleichtert auf den Arm. Doch erst als Dschingis Khan kurze Zeit später auf dem Bürgersteig aus dem Koma erwacht und mir seine Krallen in den Unterarm haut, atme ich wirklich tief durch. Dem Tier geht es gut. Die Ärztin hatte recht, er ist wieder ganz der Alte. Trotzdem, wer in nächster Zeit diese oder jene Kastration bei wem auch immer plant: In Spandau würde ich das nicht machen lassen.

Der Beistellsalat

«Ach, ihr immer mit eurer blöden Umwelt!»

Ich habe Olaf selten so schwermütig erlebt. Seit jeher ist er ein astreiner Anarchist. Als ich nach dem Abitur Richtung Berlin gezogen bin, hat Olaf Hannover gewählt. Mit der absolut ernst gemeinten Begründung, in Berlin gebe es schon genug Anarchos, in Hannover werde er dringender gebraucht. Was ja auch nicht ganz von der Hand zu weisen war. Von der Besetzung des Sprengel-Geländes bis zum Anti-Expo-Protest: Olaf war immer mittenmang.

Anarchist ist er natürlich auch heute noch, also grundsätzlich. Für größere Aktionen oder um sich jeden Abend die Lampen wegzuschießen, fehlt ihm jedoch mittlerweile einfach die Zeit. Denn vor rund zwölf Jahren, als er bei irgendeinem Punkkonzert draußen stand und fror, hatte Olaf plötzlich wie aus dem Nichts seine ganz große Idee. Zumindest für die damalige Zeit: «Heizpilze! Mobile, verleihbare Heizpilze!»

Er hat das dann mit unerwarteter Konsequenz durchgezogen. Komplett alleine. Ohne Banken, ohne Kredite, ohne das ganze Schweinesystem, wie er bis heute nicht müde wird zu betonen. Ein geliehener Lkw, Freunde wurden angepumpt, die Rechnungen bei Kunden stellte er einfach per Quittungsblock aus. Selbst unter streng anarchistischen Gesichtspunkten war praktisch nichts daran zu beanstanden, wie er seinen Betrieb aufbaute.

Heute hat Olaf zwölf Angestellte. «Alle werden ordentlich bezahlt. Mit Sozialversicherung und allem Drum und Dran: Erfolgsbeteiligung und Mitbestimmung. Richtige Jobs, kein Minilohnmist!», wie Olaf es ausdrückt. Soweit ich das beurteilen kann, muss sich wohl tatsächlich niemand in seiner

Firma totschuften. Also außer Olaf natürlich, aber der hat ja Spaß daran. Der macht das erstaunlicherweise gerne. Er ist wirklich genauso konsequent Kleinunternehmer, wie er früher Punk war. Was er macht, macht er richtig. Im Sommer verleiht seine Firma zusätzlich mobile Klimaanlagen und Softeismaschinen. Familie hat er keine, dafür aber sehr viele Freunde. Ein bisschen was von den Gewinnen fließt nach wie vor in linke Initiativen. Alles lief super. Bis der Klimawandel Olafs Frieden störte. Deshalb sitzt er jetzt mit mir in diesem Hähnchenimbiss und schimpft: «Ihr immer mit eurer blöden Umwelt!»

Der Imbiss «Das verrückte Huhn» ist laut Olaf übrigens der beste Hähnchengrill in ganz Hannover. Als ich von meinem alten Freund, der ja immerhin Chef einer professionell geführten Firma ist, zum, wie er es nannte, «Lunch» eingeladen wurde, gingen meine Erwartungen nicht gerade in Richtung Stehimbiss und halbes Hähnchen. Nichtsdestotrotz gibt Olaf den perfekten Gastgeber: «Kannst ruhig auch einen Krautsalat dazunehmen. Ist alles in der Einladung inklusive. Ich nehme auch einen. Früher hab ich den Kartoffelsalat mit Speck dazugenommen, aber ich will meine Fleischesserei ein bisschen reduzieren. Und außerdem ist Krautsalat ja wohl gesünder.»

Vom Imbisswirt erfahre ich, dass Olaf schon immer, also seit über zehn Jahren, in diesem Imbiss nur zwei halbe Hähnchen isst und den Salat nie anrührt. Aber seit er statt des Kartoffelsalats mit Speck meistens einen Krautsalat oder auch mal frischen grünen Salat unangetastet stehen lässt, hat er wohl irgendwie das Gefühl, er würde sich gesünder ernähren.

Das erklärt auch, warum mich der Wirt bei der Bestellung fragt, ob mein Salat zum Mitessen sei. In der Tat bin ich das noch nie gefragt worden. Ob ich einen Salat zum Mitessen oder nur zum Danebenstellen möchte. Eigentlich gar nicht dumm, dafür zwei getrennte Salate anzubieten. Auf dem Schild vor dem Imbiss wird zu Recht mit «ehrliche Küche» geworben.

Olaf schaut mich aus seinen Hähnchenhälften heraus traurig an: «Horst, du musst mir helfen! Diese Klimawandeldiskussion macht mir meine Firma kaputt. Wenn sich das Image von Heizpilzen nicht bald wieder verbessert, muss ich womöglich Leute entlassen!»

Ich schaue staunend in meinen Krautsalat. Olaf, der alte Anarcho, will von mir, dass ich ihm bei der Rettung sozialversicherungspflichtiger Arbeitsplätze helfe. Die Welt ist bunt. Erwidere: «Olaf, das hat doch mit Image nichts zu tun. Es geht hier um die Sache. Heizpilze sind nun einmal klimatechnisch eine völlige Katastrophe.»

Jetzt wird er wütend: «Katastrophe! Katastrophe! Schlimmer Durst, und es gibt nur Beck's – das ist eine Katastrophe! Ich brauche eine Kampagne, die Heizpilze irgendwie umweltfreundlich aussehen lässt. So wie die Mineralöl- oder Energiekonzerne das auch immer machen.»

«Wie sollen die Dinger denn umweltfreundlich aussehen?»

«Weiß nicht, vielleicht könnte ich meine Heizpilze mit Sonnenkollektoren ausrüsten.»

«Stimmt, prima Idee. Andererseits: Zu den Zeiten, zu denen genügend Sonne für die Kollektoren scheint, laufen Heizpilze, glaube ich, eher mäßig.»

«Weiß ich doch, und deshalb brauch ich ja auch dich. Du hast doch oft so völlig sinnlose Ideen, die aber nett klingen. So fröhlicher Schwachsinn, das kannst du doch gut.»

Na wunderbar. Was für ein Kompliment! Meine Kernkompetenz ist fröhlicher Schwachsinn. Beschließe, Olaf fröh-

lichen Schwachsinn zu geben. Richtig fröhlichen Schwachsinn. Sage: «Wir sollten die Knochen befragen.»

«Was?»

«Die Hühnerknochen. Wir werfen sie in die Luft, und je
nachdem wie sie fallen, können wir daraus dann die Zukunft lesen.» Ich strahle Olaf an. Denke: Da hat er seinen
fröhlichen Schwachsinn.

Mein Freund jedoch nimmt tatsächlich die Hühnergebeine,
wirft sie in die Luft, starrt auf den gelandeten Knochenhau-
fen, fängt an zu lachen, gibt mir einen Kuss und ruft: «Ey,
Mann, da zerbreche ich mir seit Monaten den Kopf, dabei
liegt die Lösung die ganze Zeit hier in den Knochen. Ich hätte sie nur mal hochwerfen müssen!» Er schmeißt zwanzig
Euro auf den Tisch und rennt dann raus.

Verwirrt starren der Wirt und ich auf die Knochen, bestimmt fünf Minuten lang, bis der Wirt murmelt: «Wind-
räder. Das ist ein Windpark aus Hühnerknochen.»

Falls also demnächst überall Heizpilze mit riesigen, röhren-
den, wackligen Windrädern obendrauf auftauchen, die zudem aussehen wie Geflügelknochen und womöglich immer
wieder mal umkippen und Leute oder Tiere erschlagen: Ich
habe das alles nicht gewollt.

PS: Der Imbissname «Das verrückte Huhn» ist erfunden.
Der wirkliche Name kann jedoch gerne erfragt werden.

Ein besonderes Talent

Wenn man morgens, direkt nach dem Aufwachen, feststellt, dass man offenkundig erhebliche Teile der Nacht mit unterschiedlichsten Körperteilen in einer Schale Kartoffelsalat geschlafen hat, dann weiß man: Die Party war ein voller Erfolg. Wahrscheinlich hat man es noch mal allen gezeigt.

Als ich mir das Gesicht gewaschen habe und von Peter ein T-Shirt leihen will, meint er: «Sag mal, Horst, seit wann hast du denn den Rücken tätowiert?»

Will etwas Schlagfertiges antworten. Überlege mehrere Minuten, denke dann: Der rechnet doch nur mit einer schlagfertigen Antwort, darauf falle ich nicht rein. Werde einfach still triumphierend schweigen. Gehe stattdessen zum Spiegel. Da ist tatsächlich etwas auf meinem Rücken.

Ach Gott, mit wenig bösem Willen könnte man wirklich meinen, ich hätte mir Helmut Schmidt hinter dicken Zigarettenrauchschwaden auf den Rücken tätowieren lassen. Allerdings von einem blinden, beidseitig armamputierten, stark frierenden, extrem müden Tätowierer, der mit sehr stumpfer Nadel gearbeitet haben muss. Zumindest stimme ich Peters Einschätzung «Glaube nicht, dass die Frauen darauf stehen» vorbehaltlos zu.

«Irgendein Ausschlag, ist morgen wieder weg», sagt der Fachmann, den Peter dankenswerterweise sofort hinzugezogen hat. Der Fachmann ist Peters Nachbar. Fachmann ist er, weil Peter glaubt, er habe so ziemlich alle Folgen «Dr. House» gesehen.

Als zwei Tage später der Ausschlag immer noch da ist, stellt sich heraus, der Nachbar hat gar nicht «Dr. House», sondern alle Folgen «Six Feet Under» gesehen.

Den rauchenden Helmut Schmidt auf meinem Rücken

könnte man mittlerweile auch für eine Art Stadtansicht halten. Keine wirklich schöne allerdings. Die Freundin beschreibt sie mit «Berlin, direkt nach Kriegsende, im Regen, nee, eigentlich eher im Sturm, also Schneesturm, aber auch mit Hagel und Nieselregen, vor allem viel Nieselregen».

Peter hingegen findet, der Rücken erinnere mehr an Pizza. Frutti di Mare, nach kurzem Aufenthalt im Magen, jetzt auf dem Bürgersteig, aber auch im Regen, viel Nieselregen.

Die Ärztin meint, das sei garantiert eine allergische Reaktion auf irgendwas. Ob ich vor dem Auftreten etwas Ungewöhnliches gegessen, getrunken oder mit sonst was Kontakt gehabt hätte.

Sage, ich hätte die Nacht davor in Kartoffelsalat geschlafen.

Sie fragt: «Warum?»

«Schönheitsbehandlung.»

Sie runzelt die Stirn. «Und? Ist der Kartoffelsalat dadurch schöner geworden?»

Ich werde direkt zum Hautarzt zwei Etagen höher geschickt. Dessen Assistentin meint, der Hautarzt habe sehr, sehr viel zu tun, aber wir könnten vorab ein Spezialfoto vom Ausschlag machen, das dann durch die Computererkennung jagen, und nach wenigen Sekunden würde uns dieser Computer sagen, was für ein Ausschlag es ist. Ich nicke.

Die Prozedur dauert mehrere Minuten. Es vergehen sogar mehrfach mehrere Minuten. Dann bittet mich der Hautarzt ins Behandlungszimmer. Er ist von mir und meinem Ausschlag enttäuscht, weil er vom Computer keine vernünftigen Ergebnisse bekommen hat: «Das Gerät konnte leider mit Ihrem Ausschlag nichts anfangen. Es hat keine Anhaltspunkte gefunden, woher er stammen könnte. Dafür hat der Computer erkannt, dass das, was da auf Ihrem Rücken steht, in einer alten, fast vergessenen indianischen Zeichensprache so viel heißt wie: ‹Der Winter wird hart und grausam. Sammelt Holz!› Ganz sicher ist sich der Computer aber auch nicht. Genauso gut könnte es ein Bild vom rauchenden Helmut Schmidt im Nebel sein. Mit Regen, Nieselregen vor allem.»

Er nimmt eine Hautprobe fürs Labor, bis die ausgewertet ist, dauert es aber ein paar Tage. Solange bekomme ich schon mal eine Salbe.

Zwei Tage später muss ich verreisen. Aus dem Helmut Schmidt auf meinem Rücken ist ein Ludwig Erhard geworden, aus dem Zigarettenrauch Zigarrendampf, und was mal ein Nieselregen war, ist jetzt ein Schneesturm vor blühenden Landschaften. Rufe beim Hautarzt an, um zu fragen, ob diese Wirkung bei der Salbe normal sei. Die Assistentin meint, der Arzt habe sehr, sehr viel zu tun. Er versuche aber zurückzurufen. Als er dies tatsächlich ein paar Stunden später tut, sitze ich bereits im Zug.

Nachdem ich ihm alles geschildert habe, wirkt er ernsthaft besorgt, meint, er müsse das selbst sehen, ich solle das sofort fotografieren und ihm zuschicken. Erkläre, ich sei im Zug. Das Ganze befinde sich bekanntlich am Rücken. Ich könne das jetzt nicht fotografieren. Der Arzt meint, er verstehe das sehr gut, aber ich solle es trotzdem mit dem Handy fotografieren und ihm schicken.

Gehe zur Zugtoilette, mache den Oberkörper frei und versuche, mit Hilfe des Spiegels irgendwie ein Foto von meinem Rückenausschlag zu machen. Das ist sehr schwierig, wann immer ich einigermaßen in Position bin, macht der Zug einen Schlenker und schleudert mich gegen Schüssel, Waschbecken, Klinke oder Mülleimer. Acht Versuche und mehrere blaue Flecken später schicke ich dem Arzt die Bilder. Er ruft sofort zurück, ist jetzt noch besorgter, meint, alles sei viel schlimmer als angenommen. Den Fotos nach zu urteilen, wachse mir offensichtlich ein Papiertuchspender der Deutschen Bahn direkt aus dem Rücken. Einen solchen massiven Fall von Papiertuchspenderausschlag habe er noch nicht gesehen. Dann lacht er. So wie wohl nur ein Hautarzt über Patienten mit unangenehmem Ausschlag lachen kann.

Teile ihm mit, es gebe eine Hölle speziell für lustige Hautärzte. Dort müssten sie mit einem höchst unangenehmen Pustelpuzzle – an prekärer Körperstelle – sechshundertsechsundsechzig Jahre auf einen Termin warten, dann ebenso viele Stunden im Wartezimmer sitzen, bis dieses Furunkelgefunkel für wenige Minuten komplett verschwinde, ausgerechnet während der Behandlungszeit des Höllenhautarztes. Kurz darauf kehre das Krätzegemetzel aber noch unangenehmer und prekärer zurück, woraufhin erneut sechshundertsechsundsechzig Jahre Wartezeit anbrächen.

Der Hautarzt meint, eine Behandlung mit besseren, würdevolleren Witzen seinerseits wäre möglich, meine Kasse zahle das aber nicht. Weniger blöde Witze wären gegen Zuzahlung möglich. Für eine Behandlung ganz ohne blöde und demütigende Witze müsse ich mich aber privat versichern. Die Fotos seien in jedem Fall völlig unbrauchbar, viel zu unscharf und verwackelt. Da könne er keine seriöse Diagnose stellen. Ich solle jemanden bitten, mal eben den Ausschlag auf dem Rücken zu fotografieren.

Antworte: «Ich bin im Zug. Ich kann hier niemanden bitten, mal eben den Ausschlag auf meinem Rücken zu fotografieren.»

Er sagt, er verstehe mich sehr gut, ich solle aber trotzdem jemanden bitten, den Ausschlag auf meinem Rücken zu fotografieren.

Mache mich auf den Weg durch den Zug. Ich weiß nicht, ob

schon einmal jemand Fahrgäste eines Zuges unter dem Gesichtspunkt betrachtet hat, wer von ihnen wohl bereit wäre, schnell mal einen unangenehmen Ausschlag am Rücken abzulichten. Es sind in jedem Fall nicht viele.

Ein ungefähr dreizehnjähriger, wohl allein reisender Junge bemerkt meinen verzweifelt suchenden Blick und fragt ausgesprochen freundlich, ob er mir irgendwie helfen könne.

Erkläre ihm, dass ich jemanden suche, der bereit sei, auf der Zugtoilette schnell mal meinen Ausschlag am Rücken zu fotografieren. Müsste auch nicht umsonst sein, ich würde fünf Euro zahlen.

Der Junge springt auf und rennt, so schnell er kann, davon.

Eine ältere Frau im blauen Kostüm, die vier Reihen weiter hinten meine Frage gehört hat, ruft erschütternd laut: «Wennse mir zwanzig Euro geben, fotografiere ich Ihnen den Hintern auch noch mit!»

Versuche ihr zu erklären, es gehe wirklich nur um ganz seriöse medizinische Fotos für eine ärztliche Diagnose. Andere Mitreisende machen weitere Angebote. Jemand behauptet, er könne den Ausschlag in 3-D fotografieren, für fünfzig Euro. Winke ab: «Ich würde den Ausschlag gerne lieber flachhalten.»

Der Junge kommt zurück mit einer Frau an der Hand: «Hier, Mama, der Mann hat gesagt, er gibt mir fünf Euro, wenn ich ihn nackt fotografiere.»

Erkläre der aufgeregten Mutter und dem dahinter stehenden Schaffner, dass es nur um meinen Rückenausschlag gehe. Und wenn es der Beweisführung diene, könne ich ihm, dem Schaffner, den auch gern mal zeigen.

Er meint, er habe da was an der Wade, ob ich vielleicht Lust hätte auf einen Vergleich ohne Wettbewerb.

Die Mutter schimpft, sie träume von einer Welt, in der es möglich sei, Bahn zu fahren, ohne eklige Ausschläge fremder Männer gezeigt zu bekommen. Der Junge meint, er wolle jetzt doch fotografieren und die fünf Euro haben. Die ältere Frau brüllt, sie habe den Job schon, mitsamt meinem Hintern für zwanzig! Ein Tumult entsteht.

Die Assistentin des Hautarztes ruft an. Sie meint, sie könne mir jetzt das Rezept für die neue Salbe schicken. Ich solle einfach von der nächsten Apotheke aus anrufen, dann würde sie es dorthin mailen. Bin überrascht. Frage, wieso der Arzt denn schon das neue Rezept ausstellen konnte, ich hätte ihm doch noch gar nicht die aktuellen Fotos übermittelt.

Sie lacht, ja, davon habe er erzählt. Aber die ersten Fotos hätten bereits völlig gereicht. Aufgrund meiner lustigen Sprüche, von wegen Hautarzthölle und so, habe er nicht zurückstehen wollen und mir eine witzige kleine Aufgabe für die restliche Zugfahrt gegeben.

Lasse dann noch den Jungen und die Frau im blauen Kostüm Erinnerungsfotos von meinem Rückenausschlag machen. Zum Teil auch mit der Mutter und dem Wadenausschlag des Schaffners. Wir haben durchaus Spaß, und zur Belohnung spendiere ich allen ein Getränk ihrer Wahl.

Rund eine Woche später verschwand der Ausschlag. Einfach so. Die Ursache blieb ungeklärt. Beunruhigt war ich nur, als der folgende Winter bis in den März und April andauerte, also tatsächlich sehr hart und sehr lang wurde. Der kälteste März seit Beginn der Wetteraufzeichnungen – wodurch das, was der Computer da in indianischer Zeichensprache auf meinem Rücken gelesen hatte, eingetroffen war.

Mal angenommen, dies war wirklich kein Zufall, sondern es ließe sich beweisen, dass – wenn ich in Berliner Kartoffelsalat schlafe – auf meinem Rücken eine absolut verlässliche Langzeitwettervorhersage in indianischer Zeichensprache erscheint: Was für ein eigenartiges Talent wäre das? Könnte man das irgendwie nutzen? Würde man dann beispielsweise in den Abendnachrichten, nach all den Satellitenbildern vom Wetter, auch noch ein aktuelles Foto meines Rückens zeigen, von dem ein Experte für indianische Zeichensprachen die langfristige Entwicklung abliest?

Ich fürchte, selbst wenn dies möglich wäre, würde ich mich doch lieber vom Wetter überraschen lassen.

Was YouTube von mir denkt

Montagnachmittag. Sitze im Foyer des Bayerischen Rundfunks in München und warte. Ich bin viel zu früh für mein Interview, aber weil es in der Empfangshalle WLAN gibt, nutze ich die Zeit und schaue auf dem Laptop nach Mails. Entdecke unter anderem eine Werbung für Prothesen. Bein-, Arm- oder auch Hüftprothesen seien im Moment so günstig und so gut wie noch nie. Ich müsse jetzt zuschlagen. Frage mich, warum sich jemand Beinprothesen auf Vorrat und im Internet kaufen sollte? Doch mehr noch frage ich mich: Wieso schicken die mir so etwas?

Die Moderatorin, eine sehr charmante, hochintelligente und schöne Frau Mitte fünfzig, kommt in die Halle. Sie entschuldigt sich dafür, dass ich warten musste, dabei bin ich immer noch viel zu früh dran. Da wir noch nicht ins Studio können, fragt sie, ob sie sich zur Vorbereitung Ausschnitte meines Programms auf YouTube ansehen dürfe. Überlasse ihr mein Notebook und gehe so lange auf Toilette. Als ich wiederkomme, ist die Frau wie verwandelt. Sie schaut mich versteinert, aber auch irritiert und fragend an, sagt allerdings nichts. Dann gehen wir schweigend zum Studio, und die Sendung beginnt.

In meinem Kopf rattert es. Was kann passiert sein? Ist irgendetwas auf oder in dem Computer, was sie so verstört hat? Eigentlich nicht. Doch schon bei ihrer zweiten Frage wird mir plötzlich alles klar …

Es war im Herbst des Jahres 2010, als Frau Merkel und Herr Seehofer plötzlich die recht eigenwillige These vertraten, Multikulti sei tot. Da ich gerade mit Freunden einen kabarettistischen Jahresrückblick vorbereitete, kam mir die Idee, dieses Thema in unserer Show mit einem Medley deutscher

Marschmusik aufzugreifen. Die Songs, mit den neuen Texten versehen, wurden höchst abstrus und der Jahresrückblick wie immer ein großer Spaß. Alles wäre gut gewesen, hätte ich nicht zuvor zwecks musikalischer Recherche eine Woche lang auf YouTube alle möglichen deutschen Militärmärsche gehört. Seitdem werden mir, jedes Mal, wenn ich die Seite öffne, Videos vorgeschlagen, für die ich mich interessieren könnte: «Die Waffen-SS», «Wehrmacht Erika», «Alte Kameraden» und so weiter und so fort.

Damit erklärt sich wohl auch die Frage der Moderatorin: «Und welche Musik hören Sie so?»

Nachdem wir die Aufnahme beendet haben, erkläre ich ihr alles. Sie erzählt mir, dass auf ihrem Computer – wegen ihres Neffen – immer Rammstein und Marilyn Manson auftauchen würden. Sie setzte das aber gerne gezielt ein, um Kollegen in der Kulturredaktion zu verwirren. Außerdem schaue ihre fünfjährige Enkelin jetzt auch ab und zu mit ihr Videos vom Ritter Rost, von den fiesen Pinguinen oder den pupsenden Dinosauriern. Die Schnittmenge aus Rammstein und pupsenden Dinosauriern bildeten übrigens überraschenderweise Redeausschnitte von Edmund Stoiber.

Wahrscheinlich wird es solche Nutzerprofile in Kürze schon für alle Bereiche des alltäglichen Lebens geben. Also auch bei Lebensmitteln zum Beispiel: «Kunden, denen diese Sahnetorte geschmeckt hat, könnten sich auch interessieren für Rumschokolade, frittierten Fisch oder eine andere Sahnetorte.» Rotweinflaschen mit dem Hinweis: «Wird häufig zusammen gekauft mit Aspirin-plus-C-Großpackung.» Oder auch etwas verklausulierter: «Wenn Ihnen diese Lasagne gefallen hat, interessieren Sie sich vielleicht auch für unsere Pferdekalender.»

Am Ende unseres Gesprächs haben wir sogar noch herausgefunden, warum ich plötzlich so häufig Werbung für Prothesen erhalte. Menschen, die ein großes Interesse haben an Weltkriegen und allem, was damit zusammenhängt, haben eben auch überdurchschnittlich häufig Bedarf an künstlichen Körperteilen. So gesehen ist eigentlich alles logisch. Beruhigend.

Zelten – ein Abenteuer in drei Triumphen

1. Die gute Idee

Die Freundin meint, das Kind solle mal zelten gehen. Zu einer richtigen Kindheit gehöre das einfach dazu. Die Freunde, bei denen wir zum Essen sind, stimmen sofort mit ein. Ja genau, zelten sei für jedes Kind eine ganz wunderbare Erfahrung.

Ich sage nichts. Natürlich war ich als Kind, Jugendlicher und junger Erwachsener mehrfach zelten. Als Kind, Jugendlicher und junger Erwachsener fand ich das sogar toll. Doch heute beunruhigt mich allein schon die Vorstellung, eine Nacht auf einer Isomatte oder Luftmatratze verbringen zu müssen. Die Luftmatratzen sind in den letzten dreißig Jahren schon extrem unbequem geworden. Vermutlich, weil die Qualität der Luft wegen des Klimawandels einfach extrem nachgelassen hat.

Dennoch, als gewiefter Stratege stimme ich grundsätzlich zu: «Ich finde das eine ganz großartige Idee. Ihr geht mit allen Kindern zelten, während ich in Berlin bleibe und mich um alles kümmere, euch den Rücken freihalte, Blumen gieße und so weiter.»

Die Freunde meinen, sie hätten praktisch keine Blumen. Erkläre mich bereit, ihnen welche zu besorgen.

Die Freundin unterbricht mich. Sie findet, ich müsse unbedingt mit zelten gehen. Das sei so eine typische Vater-Kind-Sache und ganz, ganz wichtig für die spätere Entwicklung.

Erkläre: «Mein Vater ist auch niemals mit mir zelten gegangen, und ich habe mich trotzdem später entwickelt. Kinder finden ihren Weg auch so.»

Sie schüttelt den Kopf. Um das Kind mache sie sich da gar keine Gedanken. Es sei meine Entwicklung, um die sie sich sorge. Sie wolle später keinen pubertierenden Senior im Hause haben, der eine Leere in sich fühlt, weil er niemals mit dem Kind zelten war, und sich womöglich Vorwürfe macht.

Verspreche, mir niemals Vorwürfe zu machen. Erkenne allerdings am Gesicht der Freundin, dass sie meine Entscheidung bereits getroffen hat. Sie gerät ins Schwärmen, was für ein tolles Erlebnis das für mich werde, mit dem Kind in der Natur. Wie lange wir dann noch davon zehren könnten, das Kind und ich. Sie werde uns im Stillen beneiden und in der Zeit, in der wir zelten, einfach den Gutschein für das Luxus-Wellness-Hotel einlösen, den sie zum Geburtstag geschenkt bekommen hat.

Ihr Geburtstag sei doch erst in vier Wochen, gebe ich zu bedenken. Nun wird ihr Gesicht vorwurfsvoll. Jetzt hätte ich ihr die Überraschung verdorben. Quasi mein Geschenk schon verraten. Na ja, da man es nun nicht mehr ändern könne, werde sie diesen Gutschein, den ich da offensichtlich zu ihrem Geburtstag plane, eben jetzt schon einlösen. Dann hätte ich auch noch mal vier Wochen Zeit, mir eine neue Überraschung zu überlegen.

Sie strahlt. Ich gebe auf. Frage, ob ich den Gutschein auch noch selber basteln solle.

«Nein, nicht notwendig, ich habe ohnehin schon gebucht. Danke, das ist ein tolles Geschenk. Genau, was ich mir gewünscht habe.»

Die Freunde möchten, dass ihre Kinder mitzelten, dann mache es ja noch mehr Spaß. Sie selbst hätten leider keine Zeit. Dafür könnten sie mir ihr Auto und das Zelt leihen. Das Ganze stehe übrigens schon fix und fertig gepackt unten. Morgen früh, um 7.30 Uhr, gehe es los. Die Kinder würden sich wahnsinnig freuen. Nachdem sie am Ostseestrand so viel Spaß mit mir hatten, seien die Erwartungen diesmal natürlich nicht geringer. Ehe ich noch irgendwas einwenden kann, bekomme ich den Autoschlüssel und die Papiere in die Hand gedrückt. Alle sind glücklich, also fast alle.

Gehe kurze Zeit später in den Flur und rufe Peter an. «Hallo, Peter, hier ist Horst. Ich bitte dich dringend um einen Gefallen. Du musst aus einem geparkten Auto ein Zelt mit Zubehör klauen. Sichere Sache, das. Ich simse dir gleich die Adresse. Sobald du hier bist, öffne ich dir mit der Funkverbindung des Autoschlüssels vom Balkon aus die Zentralverriegelung. Du nimmst Zelt und Zubehör aus dem Kofferraum, ich verriegele die Türen wieder, und alles ist gut.» Ich bitte ihn noch, auch wirklich nur die Campingsachen zu klauen. Schließlich fahre ich gern mit den Kindern weg, allerdings möglichst irgendwohin, wo es Betten, ein Badezimmer und richtige Wände mit echtem Dach gibt.

Bin stolz auf mich. Andere hätten wegen dieser Zelterei wahrscheinlich die halbe Nacht gestritten, mit Vorwürfen und langem Beleidigtsein. Ich hingegen löse so einen Konflikt einfach ganz lautlos mit Liebe, Umsicht und schierer Intelligenz.

Als ich in die Küche zurückkomme, herrscht betretenes Schweigen. Erst nach einer gefühlten Ewigkeit platzt die Freundin heraus: «Peter hat mir eine SMS geschickt. Ich hatte ihm gestern gesagt, falls du ihn anrufst und bittest, ein Zelt aus einem Auto zu klauen, soll er sich sofort bei mir melden, wenn er nicht wegen Beihilfe angeklagt werden will.»

Begreife und bereue meinen Fehler. Gebe ihn direkt zu: «Es tut mir leid. Wirklich. Ich hätte besser Micha anrufen sollen.»

«Den habe ich auch benachrichtigt. Und Holger und Jochen auch. Außerdem ist gar kein Auto gepackt. Es gibt nicht einmal ein Zelt. Das Ganze war nur ein Test.»

«Verstehe. Habe ich bestanden?»

«Eher nicht.»

«Schade. Kann ich es irgendwie wiedergutmachen?»

«Ich wüsste nicht, wie.» Sie grinst, und nun gebe ich wirklich auf.

«Na ja, ich könnte vielleicht mit den Kindern zelten gehen. Nächstes Wochenende oder so.»

Alle stimmen zu. Zelten! Ich ganz allein mit den Kindern. Das sei mal ein toller Vorschlag.

Finde ich auch. Am Ende habe dann eben doch ich immer wieder die allerbesten Ideen.

2. Der Zeltkauf

Nachdem ich nun alle mit der schönen Idee überraschen konnte, mal mit meinem und drei weiteren Kindern von Freunden zelten zu gehen, fehlt nur noch ein gutes Zelt. Die Freunde raten mir dringend zum Fachhandel. Schon am nächsten Tag spreche ich beim Outdoorspezialisten vor.

«Guten Tag, ich suche ein Zelt. Können Sie mir da was empfehlen?»

Der Verkäufer schaut mich lange und abschätzend an, sagt dann: «Klar, was wollen Sie denn mit dem Zelt machen?»

Hm, mit dieser Frage hatte ich, offen gestanden, nicht gerechnet.

«Tja, was will ich mit dem Zelt machen? Na ja, erst mal kennenlernen, es langsam angehen, aber bei gegenseitiger Sympathie könnte ich mir vielleicht auch etwas Festes vorstellen.»

«Ach? Kein Problem. Kaufen können Sie das Zelt natürlich hier. Heiraten geht dann zwar in Deutschland noch nicht, aber in Las Vegas sind Hochzeiten zwischen Mann und Zelt ohne weiteres möglich.»

«Echt?»

«Nein, aber wir sind psychologisch geschult, auf den Käufer einzugehen. Wie man blöde Witze in den Laden reinruft, so kommen sie auch wieder raus.»

«Ach so. Ich will zelten gehen. Möglichst mit dem Zelt zusammen.»

«Gut, und was soll das Zelt können?»

Also wie kann jemand von mir verlangen, keine blöden Witze zu machen, und dann solche Fragen stellen? Was soll das Zelt schon können? Vielleicht Handstand? Da ich den Verkäufer nicht völlig verärgern will, antworte ich gemäßigt.

«Kochen. Wäre schön, wenn es kochen könnte.»

«Verstehe, das wird oft verlangt. Haben wir hier vorne.»

«Sie haben tatsächlich ein Zelt, das kochen kann?»

«Selbstverständlich, wir haben ein Zelt, das sehr gut zu Ihnen passt. Hier, gucken Sie doch mal rein.»

Er geleitet mich in das Kochzelt. Ich bin kaum drin, als der Reißverschluss hinter mir zuzurrt und ein Vorhängeschloss klickt.

«He, Sie, hier ist gar nichts! Das Zelt kann überhaupt nicht kochen!»

«Natürlich nicht. Es gibt kein kochendes Zelt. Das hier ist das Lustige-Kunden-Zelt, in das wir lustige Kunden einsperren, bis sie aufhören, lustige Witze zu machen.»

«Sie haben ein spezielles Gefängniszelt?»

«Erst seit kurzer Zeit. Extra für Sie habe ich dieses Lustige-Kunden-Zelt gerade erfunden.»

«Ich will doch nur ein Zelt kaufen, das praktisch keine Arbeit macht. Also ein Zelt, das nicht nervt.»

«Gut, dann sagen Sie mir einfach, was Ihr Zelt können soll.»

Es gibt Situationen, da weiß man, man sollte einen Satz nicht sagen, und doch, obwohl alle Logik, alle Vernunft dagegenspricht, purzelt er einem einfach so aus dem Mund: «Das Zelt soll sich von alleine auf- und wieder abbauen können!»

Verdammt, ich werde auf Jahre hinaus nicht mehr aus diesem Lustige-Kunden-Zelt rauskommen. Denke ich. Stattdessen geschieht ein Wunder. Der Reißverschluss fährt auf, und der Verkäufer knurrt: «Sagen Sie das doch gleich!»

Dann zeigt er mir die erstaunlichste Erfindung seit den beidseitigen Getränkehaltern auf Partyhelmen. Das Wurfzelt. Ein Zelt, das sich in der Tat von alleine aufbaut. Man wirft es in die Luft, es macht «Wuff!», und das fertige Zelt steht da. Man muss es nur noch mit den Heringen befestigen, und es ist aufgebaut. Später reichen erneut zwei, drei Handgriffe und: zack!, ist es auch wieder abgebaut. Also wenn man es kann. Überraschenderweise kann ich es.

3. Die tolle Erfahrung

Als wir eine Woche später auf dem Zeltplatz am See ankommen, sage ich den Kindern, sie brauchten sich um gar nichts zu kümmern. Ich würde ganz alleine die beiden neuen Zelte aufbauen. Allerdings erst später, zuerst sollten wir noch in Ruhe Eis essen. Sie bewundern mich, wie cool ich bin, und sie haben recht damit. Nach dem Eis werden sie langsam unruhig. Sie würden nun schon gern mal die Zelte aufbauen. Ich beruhige: «Keine Panik, lasst uns erst noch Fußball spielen!»

Ich weiß natürlich, je länger ich den spektakulären Zeltaufbau rauszögere, je mehr Spannung ich aufbaue, desto nachhaltiger kann ich sie beeindrucken. Desto größer wird mein Triumph sein. Nach dem Fußballspielen wollen sie aber wirklich die Zelte …, ich sage: «Erst noch Baden.» Nach dem Baden drängen sie schon sehr, ich verkünde gelassen:

«Wir gehen erst noch abendessen.» Während des Essens wächst langsam ihre Panik, ich ordere noch einmal Eis zum Nachtisch.

Dann, nachdem sie in wilder Hektik zum Auto zurückgerannt sind, sind sie fraglos reif. Nun ist es an der Zeit, zum Helden zu werden. Während ich den Kofferraum öffne und die Zelte raushole, ziehen dunkle Wolken auf. Ein Gewitter naht. Wunderbar, jetzt wird es sogar noch richtig dramatisch, besser könnte es gar nicht laufen.

Als die Kinder schon völlig mit den Nerven am Ende sind, habe ich meinen großen Auftritt. Ich nehme das erste Zelt, werfe es in die Luft, es macht «Wuff!» und baut sich wunderbar von alleine auf. Da steht es! Die Kinder machen «Ah!», jubeln, klatschen, bewundern mich, so wie es sein soll. Ich nehme das zweite Zelt, es macht wieder «Wuff!», und auch dieses steht perfekt da.

Der Wind vom nahenden Gewitter wird langsam heftiger. Wir sollten die Zelte jetzt zügig feststecken. Bitte die Kinder, rasch die blaue Tasche mit den Schnüren und Heringen aus dem Wagen zu holen. Die Kinder finden nichts. Rufe die Freundin an. Die bestätigt, in der Tat habe nach unserer Abreise noch eine blaue Tasche im Flur gestanden. Fragt, ob die wichtig sei. Dann setzt der Regen ein.

Es ist ein tolles, unvergessliches Erlebnis, gemeinsam mit Kindern in heftigem Sturm, bei strömendem Regen, zwei äußerst widerspenstige Wurfzelte irgendwie wieder auseinanderzubauen, ohne dass eines der Kinder mehr als zwei Meter weggeweht wird. Dazu das restliche Equipment so schnell es geht ins Auto zu stopfen, wohl wissend, dass alles ohnehin schon durchgeregnet ist, um dann klitschnass und dampfend zu fünft im Auto nach einer schönen Brandenburger Landpension zu suchen.

Irgendwann haben wir sie gefunden. Mit richtigen Betten, Heizung und fließend warmem Wasser, das man auf- und zudrehen kann, wie man will. Später, bei Chips und extrem zuckerhaltigen Brausegetränken vor dem Fernseher, waren die Kinder und ich uns einig. Schöner und erlebnisreicher kann ein perfekter Campingtag eigentlich gar nicht sein.

Die Geschichte der Räuberei (Folge 263):
Die Rhönräuber

Als im Januar des Jahres 2013 im Berliner Stadtteil Steglitz die sogenannten Tunnelräuber einen langen Tunnel bis genau unter den Tresorraum einer Bank gruben und dort dann die Schließfächer leer räumten, war ganz Berlin erfüllt von einem gewissen Stolz auf diese Diebestat. Wer so einen guten Tunnel graben kann, so lang, so professionell gesichert und handwerklich so sauber, der hat sich die paar Schließfachfüllungen aber auch wirklich verdient.

Selbstverständlich suchte die Polizei sofort unter Hochdruck nach den Tätern. Allerdings, da waren sich so ziemlich alle Berliner einig, weniger, um sie zu bestrafen, als vielmehr mit der Absicht, sie mit dem Weiterbau des Flughafens zu betrauen. Doch es war nicht nur diese tiefe Bewunderung Berlins für ein Bauwerk, das den Kosten- und Zeitplan eingehalten und gleichzeitig alle Sicherheitsbestimmungen erfüllt hatte, die den Tunnelräubern gesellschaftliche Anerkennung verschaffte. Räuber, die fleißig und hart arbeiten, dabei noch einen einigermaßen intelligenten Plan verfolgen und niemanden wirklich schwer verletzen, genießen wohl zu allen Zeiten ein gewisses Ansehen.

In der Rhön beispielsweise gab es Mitte des 19. Jahrhunderts die Rhönräuber. Eine Diebesbande, die in dem Mittelgebirge bevorzugt Wanderer und Handelsreisende ausgeraubt hat. Ihr Trick war es, den Reisenden auf dem höchsten Punkt der teilweise erstaunlich steilen und lang gezogenen Wege durch das Bergland aufzulauern. Da auf dem Gipfel von den völlig erschöpften und entkräfteten Wanderern praktisch keine nennenswerte Gegenwehr mehr zu erwarten war, verlief der Überfall in der Regel unkompliziert und zivilisiert. Auch die

Flucht ging, da sie bergab erfolgte, äußerst schnell und leise, ja geradezu elegant vonstatten. Die Rhönräuber verstanden es also, sich recht intelligent die Berge zunutze zu machen. Da sie hierfür aber auch immer sehr früh aufstehen und die Berge hinaufwandern mussten, galt das, was sie taten, schon zu jener Zeit als quasi ehrliches Räuberhandwerk, weshalb die Mitglieder dieser Banden privat auch als ganz normale, ehrliche Bürger angesehen und respektiert wurden.

An diese ehrbaren Halunken musste ich denken, als ich im letzten Sommer in der Rhön radwandern war – in diesen wohlgeformten Bergen, die allerdings, wenn man mit dem Fahrrad hinauffährt, sehr, sehr viel steiler sind als noch beim Blick auf die Karte im Touristikprospekt vermutet. Jener Prospekt, der mir ein Erkunden der Rhön mit dem Fahrrad als «Erholung pur» angekündigt hatte. Erstaunlich, wie unterschiedlich die Vorstellungen von Erholung doch sein können.

Wer freiwillig, ohne Not und tieferen Grund, also quasi zum Spaß, in brütender Hitze mehrere blödsinnig steile Berge mit dem Fahrrad rauf- und wieder runterfährt, ist entweder ein Extremsportler oder ein völliger Idiot. Und da ich das eine ja nun nicht bin, gehöre ich wohl auch zum seltsamen Kreis der Extremsportler. Eine überraschende Erkenntnis.

Doch als wäre das alles nicht schon schlimm genug, erblicke ich auch noch beim letzten und höchsten Berg dieser erholsamen Radwandertour, dem Großen Öchsel, als ich knapp hundert Meter vor dem Gipfel aus einer Spitzkehre um die Kurve komme, eine Gruppe herumlungernder Jugendlicher.

Selbstverständlich erfasse ich die Situation sofort: Rhönräuber! Was sonst? Hier, am neunten Gipfel, fast am Ende der «Schönheiten-der-Rhön-Tour», lauern sie den völlig entkräfteten Radtouristen auf. Da soll noch einer sagen, die Jugend interessiere sich nicht für Geschichte.

Ich könnte umdrehen und warten, bis sie weg sind. Aber dann müsste ich den Berg noch mal rauf, und woher soll ich wissen, wie lange ich zu warten hätte. Natürlich könnte ich um den Berg fahren, aber das ist sehr weit, und außerdem müsste ich, wenn ich um diesen Berg herumfahre, dafür dann wieder über drei andere Hügel. Da mach ich sogar noch minus. Denke schließlich: Kommt alles nicht in Frage, immerhin bin ich aus Berlin, ich geh im Dunkeln durch den Wedding und singe dazu evangelische Antidrogensongs, wenn es sein muss. Da werd ich doch auch an einem viel zu heißen Tag über einen Rhönhügel fahren können.

Versuche, so cool zu wirken, wie ich nur eben kann.

Ich weiß nicht, wer schon einmal versucht hat, cool zu wirken, wenn er gerade in einem Tempo von circa 3,5 bis 3,6 Stundenkilometern, aber trotzdem schwer tretend, keuchend und hustend, extrem durstig und über und über mit Schweiß bedeckt einen Berg hochgefahren kommt. Es ist wirklich nicht einfach. Zumal, wenn einem der Schweiß auch noch in Rinnsalen direkt von der Stirn in die Augen läuft, wodurch der Kopf nicht nur knallrot mit hervorstehenden Adern leuchtet, sondern es auch noch aussieht, als würde man gerade weinen.

Die Jungs haben mich entdeckt. Einer sagt: «Cooles Fahrrad.»

«Ihr wollt mein Fahrrad klauen?»

«Was? Wieso das denn? Hör mal, hier sind überall Berge, weißt du, wie anstrengend das wäre, hier mit dem Fahrrad rumzufahren?»

Versuche, etwas unauffälliger zu schwitzen und zu tropfen. Sehe, wenn auch nur verschwommen, wie sich einer der

Jugendlichen zum Hinterrad runterbeugt und den äußerst kryptischen Satz sagt: «Das hintere Ritzel klemmt. Boarh, mit einer so beschissen eingestellten Schaltung muss es unglaublich anstrengend sein, die Berge hier raufzukommen.»

Antworte gefasst: «Ach, das geht schon. Weißte, ich bin Extremsportler.»

«Echt? Wir dachten, Sie gehören zur anderen Gruppe der Leute, die hier hochfährt.»

Alle lachen, aber nicht blöd, irgendwie sind sie sogar richtig nett.

«Das klingt jetzt wahrscheinlich komisch, aber für einen Moment dachte ich, ihr wärt Rhönräuber.»

«Rhönräuber? Quatsch, das wäre doch viel zu viel Stress. Wir sind Dienstleister. Viele der Touristen, die diese ‹Schönheiten-der-Rhön-Tour› fahren, nehmen einfach zu wenig Wasser mit. Und hier oben gibt's ja nichts. Die sind oft froh, wenn sie hier nach dem Anstieg was bekommen.»

«Ihr habt Wasser?»

Er strahlt. «Eisgekühlt!»

Er holt eine Halbliterflasche aus der mobilen Kühltruhe, die neben seinem Motorroller im Schatten steht. Jetzt strahle ich auch. «Oahh, großartig! Ein Wunder! Meine Rettung! Ich würde alles für diese Flasche Wasser geben.»

Er grinst. «Das trifft sich gut. Kostet nämlich fünf Euro.»

Auch wenn es Rhönräuber heute im engeren Sinne nicht mehr gibt, die Tradition, sich die Berge intelligent und zivilisiert zunutze zu machen, ist hier wie andernorts lebendiger denn je. Schön zu wissen.

Der flinke Kalle

Der flinke Kalle, genannt «die Handtasche», ist der wohl beste und professionellste Handtaschendieb in der Geschichte Berlins. Wie alle wirklich großen Ganoven hat er nicht einfach nur geklaut. Nein, der Diebstahl einer Handtasche war bei ihm ein kleines Kunstwerk. Eine artistische Meisterleistung in atemberaubender Geschwindigkeit.

Zumeist entriss er am Beginn einer langen Geraden die Handtasche, rannte dann mit ihr in wahnsinnigem Tempo davon, untersuchte aber während des Laufens bereits den gesamten Inhalt, nahm das Geld raus und warf die Tasche noch in Sichtweite des Opfers ins Gebüsch. So konnten die Bestohlenen die Tasche gleich wieder an sich nehmen. Außer Geld fehlte praktisch nichts. Lästige Ämtergänge oder EC-Karten-Sperrungen entfielen. Der Diebstahl war so kundenfreundlich wie möglich abgewickelt. Ohne unnötigen Aufwand für das Opfer blieb der ganze Vorgang im Großen und Ganzen angenehm unbürokratisch. Oder, wie der flinke Kalle immer sagte: «Wenn die Leute schon beklaut werden, sollen sie nicht auch noch unnützen Ärger haben!»

Nicht wenige der Opfer, in den allermeisten Fällen Frauen, waren oftmals regelrecht verzückt. So schnell wie dieser Mann hatte sich noch nie jemand in ihrer völlig überfüllten Handtasche zurechtgefunden. Nicht einmal sie selbst. Dafür höchsten Respekt. Also, diesen Herrn hätten sie wirklich nur zu gern einmal kennengelernt. Doch zunehmendes Alter und seltsame neue Moden machten Kalle zu schaffen. Und eines Tages unterlief ihm ein Missgeschick, das seine aktive Karriere abrupt beendete.

Wie immer ging alles ganz schnell. Er hatte gerade der jungen Frau die Handtasche entrissen und wühlte in vollem

Lauf nach dem Geld – da biss ihn die Handtasche plötzlich in den Finger. Zudem war sie offensichtlich mit einem sehr aggressiven Läuse- oder Flohpulver eingerieben. Vielleicht war es aber auch ein absurdes Parfüm, in jedem Fall ließ diese Substanz seine Hände schnell rot anschwellen.

Die juvenile Dame, der er versehentlich – wie ihm jetzt dämmerte – nicht die Handtasche, sondern eines dieser, einer Fellhandtasche wirklich nicht unähnlichen, Accessoire-Hündchen entrissen hatte, schrie in derselben Tonlage wie das entwendete Tier. Dies veranlasste Kalle, den Hund im hohen Bogen wegzuwerfen.

Kurze Zeit später schwor er deprimiert dem gesamten Diebstahlwesen ab und begann eine neue, steile Karriere als Handtaschendesigner. Ein Beruf, der ihm in der zweiten Lebenshälfte großen inneren Frieden bescherte, bis ihn der beste und professionellste Safeknacker Berlins, Otto «der weiche Keks» Stark, mit dem niedersächsischen Ex-Kammerjäger Georg Wolters bekannt machte, welcher wiederum den Plan hatte, eine Art «Avengers»-Team aus Berliner Kriminellen zusammenzustellen. Doch das ist eine ganz andere Geschichte.

Das Hündchen hingegen, mit seinem aggressiven Läusepulver oder Parfüm, landete direkt nach dem hohen Flug auf einem Balkon im ersten Stock, gelangte durch die offene Balkontür auf eine sich dem Ende zuneigende Party, fand einen in Kartoffelsalat schlafenden Mann, schleckte ihm den Rücken sauber und malte somit quasi eine Langzeitwetterprognose in indianischer Sprache auf seinen Rücken. Doch das sollte dieser Mann nie erfahren.

Sitzgeschwindigkeit

Werner Mersching wohnt in Nordholz bei Cuxhaven. In Nordholz braucht jeder ein Auto. Die Wege sind weit, es gibt praktisch keinen öffentlichen Nahverkehr, man macht dort alles mit dem Wagen. Erst recht Werner Mersching. Seit über dreißig Jahren hat er auch auf keinem Fahrrad mehr gesessen. Aber so etwas verlernt man ja nicht. Deshalb hat Werner Mersching wohl grundsätzlich keine Bedenken, als er sich nach dieser langen Zeit zum ersten Mal wieder auf einen Drahtesel schwingt.

Wenngleich es natürlich sehr ungewohnt für ihn ist. Allein schon vom Fahrrad her. In der Fahrradtechnologie hat sich einiges getan in diesen dreißig Jahren. Das Fahrrad, das man ihm jetzt gegeben hat, fühlt sich gänzlich anders an als sein Fahrrad im Jahre 1982. Und auch sein Körper fühlt sich ganz, ganz anders an. Schon als er aufsteigt, bemerkt er, dass sich sein Körperschwerpunkt in den letzten dreißig Jahren verschoben hat. Sogar mächtig verschoben hat. Genau-genommen ist sein ganzer Körper mittlerweile ein einziger Schwerpunkt. Deshalb fährt er auch eher unsicher, also sehr langsam und wacklig mit diesem ungewohnten Fahrrad. Sogar extrem langsam, quasi in Sitzgeschwindigkeit.

Aber gut, irgendwie und irgendwo muss er schließlich wieder anfangen, sich ans Fahrradfahren zu gewöhnen. Das ist ja selbstverständlich, wer könnte etwas dagegen sagen? Dennoch bleibt für mich die Frage: Warum bitte muss Werner Mersching seine erste Fahrradtour nach über dreißig Jahren unbedingt mit zwanzig anderen Menschen machen, die seit rund dreißig Jahren auf keinem Fahrrad mehr gesessen haben? Und warum ausgerechnet in der Innenstadt von Berlin? Als geführte Fahrradtour? Im nachmittäglichen

Stoßverkehr? Und als ob es nicht schon reichen würde, mit dem Verkehr und dem Fahrrad völlig überfordert zu sein, hat er auch noch das erklärte Ziel, sich während der Fahrt die Stadt anzugucken, dem Fahrradführer zuzuhören und sich ausgiebig mit den Freunden zu unterhalten. Über die Welt im Allgemeinen und Berlin im Besonderen, also wie groß, unübersichtlich und hektisch diese Stadt doch sei und dass hier ja wohl niemand die nötige Ruhe und Zeit habe. Die armen Menschen, so gehetzt, und alle, deren Weg er kreuze, würden böse oder genervt gucken. Seines Erachtens tue diese Stadt den Menschen nicht gut …

All diese Informationen über Werner Mersching und seine Nordholzer Gruppe habe ich übrigens sammeln können, als ich mehrere Minuten hinter ihnen herfahren und ihren Gesprächen lauschen durfte beziehungsweise musste. An ein Überholen der ständig unberechenbar in alle Richtungen wabernden Gruppe war nämlich leider nicht zu denken. Stattdessen blieb ich irgendwie in der Gruppe stecken, bis sie plötzlich aus unerfindlichen Gründen komplett stehen blieb und ich mein Rad durch sie hindurchschieben konnte. Dann hatte ich tatsächlich fast anderthalb Minuten freie Fahrt, bis ich hinter Günther Siebert und seiner Gruppe aus Bruchsal bei Karlsruhe festhing.

Um Missverständnissen vorzubeugen: Ich freue mich über alle Berlin-Besucher, die sich die Stadt anschauen, hier essen, in Hotels wohnen und dann wieder nach Hause fahren. Solche Gäste finde ich toll. Wem es in Berlin so gut gefällt, dass er dort wohnen bleiben möchte, der darf auch gern im Bezirk seiner Wahl wohnen bleiben. Und wer findet, Berlin sei viel zu groß, zu laut und zu dreckig, darf das ebenfalls gerne sagen. In Berlin darf er das sogar ganz laut sagen. Das stört niemanden. Man ist ja mittlerweile beinah froh über jeden, dem Berlin zu groß, zu laut und zu dreckig ist. Das ist alles völlig in Ordnung. Aber wer in Berlin Fahrrad fahren möchte, der sollte das bitte unbedingt vorher zu Hause üben.

Denn, liebe und herzlich willkommene Bewohner vieler kleiner Orte überall in Deutschland, die ihr seit Jahren nicht mehr auf einem Fahrrad gesessen habt und denkt, Berlin, also die Innenstadt von Berlin, das sei doch ein idealer Ort, um tagsüber zu Hauptverkehrszeiten an ausgewählten Verkehrsschwerpunkten ohne jede Ortskenntnis erstmals nach über dreißig Jahren wieder ein bisschen das Fahrradfahren zu üben – stellt euch doch mal vor, wir würden demnächst alle Berliner, die nie einen Führerschein gemacht haben, in eure kleinen Orte schicken, damit sie da zum ersten Mal in ihrem Leben mit einem Traktor oder einem Dreißigtonner Fahren üben können. In Gruppen von zwanzig oder dreißig Fahrzeugen. Zur Hauptverkehrszeit. In euren Innenstädten oder Ortskernen oder was auch immer ihr dort habt. Oder hattet, würde man dann ja wohl später sagen müssen, wenn alle mit dem Traktorfahren fertig wären.

Doch keine Angst, das machen wir selbstverständlich nicht, weil wir Berliner ja schon von Natur aus nicht nachtragend und – selbst in der berechtigten Beschwerde – prinzipiell höflich sind. Das kann Ihnen jeder Stadtführer bestätigen.

Haare auf Weltniveau

Kürzlich habe ich Marion Minzer wiedergetroffen. In Marion Minzer war ich im Alter von siebzehn Jahren verliebt. Also, im Prinzip war ich auch in Marion verliebt, als ich sechzehn und achtzehn Jahre alt war. Aber mit siebzehn gab es tatsächlich eine ganz kurze Phase, in der ich Marion Minzer fast von meiner Liebe erzählt hätte. Genaugenommen habe ich das sogar, also indirekt.

Damals hatte ich noch lange, nicht immer sehr gepflegte Haare. Lange Haare waren seinerzeit noch Ausdruck einer Weltanschauung. Erst recht auf dem Dorf. Unsere langen Haare, also meine und die meiner Freunde, signalisierten jedem Betrachter: Ja, wir sind zwar auf dem Dorf geboren. Fernab von aller wahrgenommenen Welt. In einem Landstrich, wo es hundertmal so viele Rinder, tausendmal so viele Schweine und zweihunderttausendmal so viele Hühner wie Menschen gibt. Wo vier Fünftel der Kinder im Winter geboren sind, weil die zumeist bäuerlichen Familien bei der Koordinierung sexueller Aktivitäten tunlichst darauf achten, dass die Geburt eines Kindes nicht in die Erntezeit fällt. Wo es, wenn die Eltern ankündigen: «Heute fahren wir mal in die große Stadt!», nach Osnabrück geht. Dies alles kann niemand leugnen. Aber unsere Frisuren! Ha! Unsere Frisuren, die hatten Weltniveau. Mit diesen Frisuren konnten wir überall auf der ganzen Welt bestehen. In Bremen, Hamburg, Berlin, London, Paris, Barcelona, wirklich überall konnten wir auf öffentlichen Plätzen herumlungern und waren ein harmonischer Teil der urbanen Vielfalt. Niemand sah uns das Dorf an.

In gewisser Weise wurde das Dorf sogar zu klein für unsere Frisuren. In einem Dorf sinnlos abhängen war tendenziell eher trostlos. In einer großen Stadt hingegen, auf öffentlichen Plätzen abhängen, das war schon wieder eine Art Statement, quasi eine Form des Protests. Gegen die Konsumgesellschaft zum Beispiel. Auf dem flachen Land, wo nix groß ist und es nichts zu kaufen gibt, war so ein Protest ja vergleichsweise abstrakt. In der Stadt, in die wir deshalb extra Ausflüge machten, war das zur Schau gestellte Nichts-Kaufen dagegen irgendwie eine Provokation, eine Art Widerstand. Ohnehin haben mir immer die Formen des Protests am besten gefallen, die im wesentlichen aus Nichtstun bestehen. Doch das ist noch mal eine andere Geschichte.

Wir waren damals sehr konsequent in unserer Haltung, also dem Nichts-Kaufen. Es gab eigentlich nur eine Ausnahme, die wir uns ab und an gestattet haben. Das war immer dann, wenn mal einer aus irgendwelchen Gründen Geld hatte, dann durfte das ausgegeben werden. Aber sonst haben wir konsequent nichts gekauft, stattdessen nur so rumgesessen. In stolzer, stilvoller Lässigkeit, jedoch innerlich aufrecht, halb liegend rumgelungert. Durch unsere langen Haare wirkten wir dabei natürlich großstädtisch, weshalb alle Dorfkinder, die in die Stadt kamen und uns sahen, dachten: Boarh, die coolen Großstadtkinder! Jetzt lass ich mir auch die Haare lang wachsen, dann kann ich demnächst auch da sitzen und keiner merkt, dass ich eigentlich vom Dorf bin. So, wie wir es einige Zeit zuvor ja auch gedacht hatten. Unsere Betten standen zwar noch in den Kinderzimmern unseres Dorfes, aber in unseren Großstadtfrisuren wohnte bereits ein ganz anderes Leben. Also gut, teilweise waren sie tatsächlich so zottelig und ungepflegt, dass da in der Tat noch mal ein anderes, neues Leben entstanden war, aber das waren nur lästige Nebenprodukte unserer Träume. Unsere Haare waren unser Ticket, unsere Verbindung in eine andere Welt.

Das alles muss man wissen, um zu verstehen, was es für mich bedeutete, als Marion Minzer zu mir sagte, sie könne sich nicht vorstellen, einen Freund mit langen Haaren zu haben. Noch am selben Nachmittag schnitt ich mir die Haare ab, um Marion am Abend auf ihrer Geburtstagsparty zu überraschen. Ihr auf diese subtile Weise eine Art Antrag zu machen. Woraufhin sie auch sagte: «Coole Frisur!», aber dann doch, noch auf derselben Party, eine Beziehung mit Bernd Kohlmeyer anfing, der natürlich Haare bis zu den Hüften hatte.

Was nun habe ich daraus gelernt?

Nichts! Ich habe absolut nichts daraus gelernt! Das war wirklich mal ein Erlebnis komplett für den Schweineeimer. Kurze Zeit später begann der Haarausfall. Hätte ich die Haare wieder lang wachsen lassen, hätte mein Kopfschmuck dünn und unvorteilhaft ausgesehen. Ich hatte nie mehr eine Chance auf lange Haare, Headbanging und echte Dreadlocks.

Nur ein Gutes ließ sich dieser Erfahrung abgewinnen: Neulich begegnete ich Marion wieder, und nach fast dreißig Jahren konnte ich ihr endlich vorwerfen, dass sie mir damals ein bisschen die Jugend versaut hat. Woraufhin sie mir wegen anderer Sachen aus unserer Jugend Vorwürfe gemacht hat. Beispielsweise, dass ich sie nicht vor diesem Idioten Bernd Kohlmeyer gewarnt hätte. Einen ganzen Abend lang haben wir uns beschimpft wegen unserer in vielerlei Hinsicht suboptimalen Jugend. Wir haben dabei viel gelacht und auch geweint, also vor Lachen, und manchmal auch nicht.

Eventuell ist dies das Schönste, was ein Freund oder eine Freundin für einen tun kann. Einen Abend lang schuld sein an so ziemlich allem, was einem irgendwann mal in der Jugend an irgendwie Blödem widerfahren ist. Ein kostbares Geschenk.

Der Held des Umzugs

Am Ende ist Peter dann doch umgezogen. Das ständige Dielenabschleifen ging ihm nach einiger Zeit auf die Nerven, und als sich ihm die Gelegenheit bot, in eine Genossenschaftswohnung zu ziehen, hat er zugeschlagen.

Von der Lage, der Miete und der Wohnung her ist Peter mit seinem neuen Domizil außerordentlich zufrieden. Nur in puncto Quadratmeter hat er doch einiges verloren. Dieser Umstand, also dass er von einer ziemlich geräumigen in eine eher kleine Wohnung zog, machte den Umzug zu einem logistischen Großprojekt. Und wie ein solches war er auch geplant. Soll heißen, mit ebenjener beeindruckenden Präzision und Umsicht, mit der Großprojekte in Berlin nun mal traditionell durchgezogen werden.

Ich bin schon lange nicht mehr als Helfer beim Umzug eines Freundes dabei gewesen. Aber ich glaube, es ist nicht vermessen, bei dieser Gelegenheit ein allgemeingültiges Axiom aufzustellen. Wenn ein Umzug mit folgenden Worten des Umziehenden beginnt: «Oh, da seid ihr ja schon, ich bin leider noch nicht ganz fertig geworden» – dann lauf! Lauf so schnell du kannst! Drehe dich nicht um, und singe laut ein fröhliches Lied, damit dich eventuelles Überredungsgeschrei oder Geschimpfe nicht mehr bremsen kann. Lauf einfach! Immer weiter!! Lauf!!!

Das Grauen des langen Tages und der langen Nacht, die ein solch komplett unvorbereiteter Umzug heraufbeschwört, ist keine Freundschaft wert. Erst recht, wenn man vom ersten Moment an sieht, dass noch gar nichts aussortiert wurde. All die Möbel der großen alten Wohnung also keinesfalls in die kleine neue reinpassen werden. Die richtig große Katastrophe mithin ganz zum Schluss kommen wird, weil da dann jeder Umzugshelfer noch irgendwelche Möbel des Umziehenden mit zu sich nach Hause nehmen muss.

Doch leider bin ich extrem lauffaul und eine treue Seele. Da ich gleichzeitig das Entsetzen, die Mutlosigkeit und die tiefe Müdigkeit in den Gesichtern der anderen Helfer sah, beschloss ich, mich nicht feige aus der Verantwortung zu stehlen, sondern eine bessere, erwachsenere Lösung für unser Problem zu suchen. Es brauchte nur ein Signal, eine starke, symbolische Aktion, die alle mitriss. Daher sagte ich betont energiegeladen: «Na, dann wollen wir mal!», und um bei allen anderen auch das Feuer meines Tatendrangs zu entfachen, marschierte ich direkt zur größten Aufgabe eines jeden Umzugs, dem Symbol schlechthin, und verkündete: «Also ich kümmere mich dann mal um die Waschmaschine!»

Was für ein Coup. Damit hatte niemand gerechnet. Ich bin normalerweise wahrlich nicht der Typ «Waschmaschine» bei Umzügen. Ich bin eher so der Typ «Pflanzen» und vielleicht noch «Nicht so schwere, aber dafür sperrige Gegenstände», im Grunde aber doch am meisten der Typ «Ich geh dann mal vor und halte die Türen auf». Muss ja auch einer machen. Wenn also jemand wie ich direkt auf die Waschmaschine zugeht, dann motiviert das alle, reißt sie mit, versetzt sie in einen regelrechten Umzugsrausch. So auch hier. Plötzlich füllte jeder Kartons, baute Regale auseinander oder wickelte Geschirr in Zeitungen. Totale Aufbruchstimmung. Dermaßener Aufbruch, dass ich fast schon wieder ein schlechtes Gewissen hatte, als ich nach einem kurzen Zerren an der Waschmaschine wie geplant zusammensank und einen eingeklemmten Nerv simulierte.

Mein Plan war so einfach wie genial. Ich konnte die Freundschaft bewahren und mich trotzdem in Sicherheit bringen.

Mit einem eingeklemmten Nerv rennt man eben nicht feige vor einem Umzug davon. Damit kann man erhobenen Hauptes gehen. Also im übertragenen Sinne. Tatsächlich geht man natürlich gebeugt, wacklig und ziemlich langsam. Klar, sonst würde der Schwindel ja auffliegen. Ich habe allerdings schnell gemerkt, dass mir gebeugtes, wackliges Gehen nicht mal schwerfiel. Im Gegenteil, sogar authentisch weinen konnte ich ohne größere Anstrengung. Denn das war wohl der einzige Schwachpunkt meines ansonsten brillanten Schachzugs: dass ich wirklich an dieser Waschmaschine rumgewuchtet habe, ohne mich warm zu machen. Jetzt war nicht nur ein Nerv eingeklemmt. Der ganze Rücken war durch. Komplett durch. Zumindest fühlte es sich so an. Und obwohl mein Rücken im Arsch war (im übertragenen Sinne natürlich, wobei, so wie es sich anfühlte, vielleicht auch tatsächlich anatomisch, geschmerzt hat in jedem Fall alles vom Steiß bis zu den Ohrläppchen), hat mir das Ganze niemand geglaubt. Im Gegenteil, Peter war richtig sauer. Zumal sich alle anderen, als sie meine scheinbar raffinierte Taktik sahen, plötzlich auch irgendwelche Nerven eingeklemmt oder Muskeln gezerrt haben.

Doch das alles wäre nicht mal so schlimm gewesen. Wirklich bitter wurde es in dem Moment, als mir Peter, während ich jammernd, weinend, leidend mit kaputtem Rücken missachtet auf den kalten, harten Fliesen seines Badezimmers lag, mitteilte: «Ach, weißte, die Waschmaschine bleibt eigentlich hier in der Wohnung, die übernimmt der Nachmieter. Du warst nur grad so schön in Schwung, da wollte ich dich nicht bremsen.» Erst diese Information entließ mich in die Welt des Schmerzes mit der Wucht des Sinnlosen, die jede Aussicht auf Trost und Linderung dahinschmelzen lässt wie einen Eiswürfel unter einer Herrenachsel im Sommer.

Sitze im Taxi auf dem Weg zum Bahnhof. Bemühe mich, eine SMS zu schreiben, kann mich aber nicht gut konzentrieren, denn mein Taxifahrer spricht die ganze Zeit. Allerdings nicht mit mir. Auch nicht in die Freisprechanlage seines Telefons. Nein, er spricht mit anderen Verkehrsteilnehmern draußen auf der Straße. Autofahrern, Fahrradfahrern, Fußgängern, wer immer ihm in die Quere kommt, er spricht mit allen. Die anderen Verkehrsteilnehmer können ihn allerdings gar nicht hören, da er nicht einmal das Fenster offen hat. Der Einzige, der ihn hören kann, bin ich. Das ist sehr schade. Einmal natürlich für mich, aber auch für die anderen, denn mein Taxifahrer hat doch manch anregende Anmerkung, Beurteilung oder Korrekturvorschläge zu ihrem Verkehrsverhalten.

Glücklicherweise jedoch ist nicht alles verloren gegangen. Ein bisschen was habe ich statt meiner SMS mitschreiben können, weshalb ich nun doch ein paar der Grußbotschaften meines Taxifahrers weitervermitteln möchte. Also: Nach Einschätzung meines Taxifahrers möge der Fahrer des grünen Mitsubishis mit dem Kennzeichen B-WT-8732 doch einmal überprüfen, ob er seinen Führerschein nicht vielleicht auf dem Rummel gewonnen habe. Denn falls er je einen Fahrlehrer gehabt habe, müsse man den jetzt eigentlich wegen Beihilfe drankriegen. Die Fahrerin des weißen Golfs B-CZ-4627 möchte mein Taxifahrer hingegen nur kurz davon unterrichten, dass sie ihren Blinker nicht nur zum Nasebohren habe, wohingegen er zum Kennzeichen OHV-ZI-217 anmerkt: «OHV – Opa holt Vieh, und so fährt er auch.» Einen anderen sehr schnell fahrenden OHVer kommentiert er übrigens mit: «OHV – Ohne Hirn und Verstand» und erläutert: «Ein Kennzeichen: viele unterschiedliche Probleme.»

Den Fahrradfahrer mit blauer Wolfskin-Jacke würde mein Taxifahrer gern darüber aufklären, dass eine rote Ampel nicht nur ein Vorschlag ist, und ihm raten, das nächste Mal im Fahrradladen doch zu fragen, ob es seinen Helm nicht vielleicht auch mit Hirn gebe. Das wäre für ihn sicherlich eine tolle, neue, wenn auch ungewohnte Erfahrung. Den Fahrer des blassgelben Corsas LOS-VV-724 hingegen lässt er wissen, «dass die S-Bahn wieder fährt. Es gibt keinen Grund mehr für LOSer, mit dem Auto in die Stadt zu kommen! Man hat ihnen extra Regional- und S-Bahn gebaut, damit sie hier nicht mit dem Auto fahren müssen!! Damit ist allen geholfen!!!» Des Weiteren merkt er an: «LOS – Leider ohne Stadtkenntnis!» oder auch, wem das besser gefalle: «LOS – Land ohne Sonne». Dann lacht mein Taxifahrer das einzige Mal, warum auch immer. Weitere Kennzeichenkürzel, die er mir übersetzt, waren übrigens: «BAR – Blinde auf Rundfahrt», «MOL – Meiden oder Leiden» und «TF – Tieffliegende Fische».

Abschließend möchte mein Taxifahrer noch der Fahrerin des roten Golfs B-TR-4563 mitteilen, dass Privatwagen auf dem Taxihalteplatz vor dem Bahnhof nichts zu suchen haben, meinem Fünfzig-Euro-Schein erklärt er, das hier sei ein Taxi und kein Wechselbüro, versichert mir persönlich aber, ich sei ein recht angenehmer Fahrgast. Viele Fahrgäste würden ja mittlerweile die ganze Fahrt über telefonieren. Dieses ständige Gequatsche gehe ihm schon gehörig auf die Nerven. Warum Menschen nicht mal ein paar Minuten einfach die Klappe halten könnten, werde er persönlich nie verstehen.

Tür auf

Mittwochmorgen. Stehe am Eingang von Karstadt am Hermannplatz und halte die Tür auf. Seit mittlerweile bestimmt schon zwei Minuten. Eigentlich hatte ich ja nur einer jungen Frau mit Kinderwagen die Tür aufgehalten, aber dann war direkt hinter ihr ein älterer Herr, gefolgt von ein paar Kindern, kurz darauf kamen schon wieder Frauen aus der anderen Richtung und von vorn jemand mit Gehhilfe … Bislang hat sich einfach noch keine Möglichkeit ergeben, die Tür elegant wieder zufallen zu lassen. Nun kommt auch noch ein Rollator …

Jemand lächelt, geht durch die Tür und drückt mir 20 Cent in die Hand. Immerhin. Wenn ich alle drei Minuten 20 Cent bekäme, wären das am Ende des Geschäftstags rund 36 Euro, im Monat 972 Euro und im Jahr 11 664 Euro. Das kann ich problemlos ausrechnen, denn wenn man nichts anderes macht, als nur die Tür aufzuhalten, hat man ja Zeit. Da kann man mal schön das ein oder andere durchrechnen. Diese 55 Milliarden beispielsweise, um die sich die Bad Bank der Hypo Real Estate da kürzlich verrechnet hat, wahrscheinlich wäre das nicht passiert, wenn die sich zwischendrin mal ein bisschen hingestellt und die Tür aufgehalten hätten. Aber wer macht so was heute schon noch. Also außer mir.

11 664 Euro! Reingewinn! Die verkaufsoffenen Sonntage sind da noch nicht mal mit eingerechnet. Hübsche Summe. Könnte sich ohne weiteres sehen lassen. Erst recht gemessen an den Zahlen, die der Karstadt-Konzern in den letzten Jahren so vorzuweisen hatte. Da wäre ich in der Unternehmensbilanz ziemlich weit vorne – aber hallo! Unternehmensberater würden dann wahrscheinlich dazu raten, den Konzern zu zerschlagen. Also diese verlustreiche Sparte

Kaufhaus mit Sachenverkaufen und diesem ganzen Kram abzuwickeln und nur noch das gewinnträchtige Türaufhalten beizubehalten. Ballast abwerfen. Energien bündeln. So denken Gewinner!

Obwohl, irgendwann muss man sich dann natürlich auch das Türaufhalten mal genauer anschauen. Ob man da nicht auch Abläufe optimieren könnte, Kosten reduzieren, Gewinn maximieren. Denn Gewinn muss ja sein. Sonst werden Investoren schnell missmutig oder Aktionäre unruhig. Ohne Gewinn keine Dividende. Und dann werden die Märkte nervös, verlieren Vertrauen, und hastenichtgesehen, wie schnell das dann geht mit dem Auf-Grund-Laufen!

Die Märkte muss man immer beruhigen, die dürfen auf gar keinen Fall nervös werden, sich nicht aufregen. Das ist quasi wie mit Schlaganfallpatienten. Also wird über kurz oder lang auch das Türaufhalten optimiert. Und was kann man da schon groß anderes machen, als Personalkosten zu reduzieren. Das bin ja dann wohl ich. Wahrscheinlich ersetzt man mich durch einen Türstopper. Oder durch einen großen Stein. Ist ja auch verständlich. Vielleicht nehmen sie wenigstens einen Stein von hier. Andererseits machen osteuropäische Steine das Türaufhalten wahrscheinlich für die Hälfte, von asiatischen Steinen ganz zu schweigen.

Jetzt stehe ich bestimmt schon seit sechs Minuten hier und halte die Tür auf. Die letzten zwei Minuten ist aber gar keiner mehr durchgegangen. Na wunderbar! Da mach ich mir die Arbeit, und dann geht keiner durch. Frechheit! Da könnte ich sie eigentlich auch zufallen lassen, die Tür. Aber was mache ich dann? Fürchte mich vor der Leere, die entstehen würde. Ich meine, ich mache das jetzt schon so lange mit dem Türaufhalten. Hab ich überhaupt noch die Kraft, die

Lust, etwas Neues anzufangen? Wer will mich denn noch? Mich, einen alten, abgestandenen Türaufhalter? Was waren meine Träume vor dem Türaufhalten? Was meine Ziele? Wollte ich in das Kaufhaus rein- oder rausgehen? Wollte ich etwas kaufen? Wozu? Fehlt mir denn was?

Atme tief durch und fasse einen Entschluss. Es ist an der Zeit, loszulassen. Ja, ich sollte die Tür wieder loslassen. Frei sein. Einfach loslassen und beide Hände wieder frei haben. Ja. Freiheit. Spüre den Wind in meinen Haaren! Die Energie in mir aufsteigen! Die Möglichkeiten leuchten! Einfach loslassen und frei sein! Jetzt! Jaaa!!!

Oh, nun kommt aber doch noch mal jemand, der will, glaube ich, tatsächlich durch die Tür. Na, dem kann ich sie schon noch aufhalten. Auf den Moment kommt es auch nicht mehr an. Ich weiß ja jetzt, dass ich die Tür loslassen könnte. Darum geht's ja. Es ist meine Entscheidung. Und das mit diesem Freisein, das läuft einem nun auch nicht weg.

Ich war der Kürbis

Die Landesschau Rheinland-Pfalz ist eine dieser bunten Regionalsendungen im dritten Programm, in denen es zum Beispiel Berichte über ein Dorf gibt, das den größten Apfelstrudel der Westpfalz gebacken hat. Oder über einen Poeten im Körper eines Streifenpolizisten, der in Kaiserslautern jeden Strafzettel mit einem kleinen, selbst geschriebenen Gedicht etwas auflockert: «Hier esch emma Parkverbot, / drum musste zahle, du Idiot!»

Im Beitrag über den Knöllchendichter trat übrigens noch ein lachender Autofahrer auf, der behauptete, mit so einem lustigen kleinen Vers zahle er die Strafgebühr doch gleich viel lieber. Der Bericht endete sogar mit dem Fazit, wie schön es doch wäre, wenn das Schule machen würde und man überall ein kleines, selbst geschriebenes Gedicht mit dem Strafzettel bekäme. Ich persönlich bin da skeptisch.

Dann kommen auch immer wieder Berichte über Hobbygärtner, die einen wirklich gigantischen Riesenkürbis geerntet haben. Aber leider ist es gerade Ende November, die Erntezeit längst vorbei. Es gibt keine Kürbisse mehr, und deshalb lädt man dann gerne Leute wie mich ein. Ich bin sozusagen das, was normalerweise der Riesenkürbis in dieser Sendung ist.

Die Aufnahmeleiterin drückt mir einen Zettel in die Hand mit den drei Fragen, die mir der Moderator wahrscheinlich gleich stellen wird: «Was gefällt Ihnen an Rheinland-Pfalz am besten?», «Kommt in Ihrem Programm auch Rheinland-Pfalz vor?» und «Was war Ihr lustigstes Erlebnis in Rheinland-Pfalz?».

Starre auf den Zettel und bemerke, dass ich zum ersten Mal in meinem Leben allein vom Durchlesen dreier Fragen ohnmächtig werde. Als ich wieder zu mir komme, sitze ich bereits im Studio vor laufender Kamera und höre den Moderator fragen:

– Was gefällt Ihnen an Rheinland-Pfalz am besten?

Versuche, sofort wieder ohnmächtig zu werden, aber mein Körper weigert sich. Warum auch immer. Stattdessen höre ich mich sagen:

– Orange.

Der Moderator ist irritiert.

– Was?

– Na, Orange, also die Farbe Orange. Die gefällt mir eigentlich am besten an Rheinland-Pfalz. Alles, was hier orange ist, finde ich irgendwie super.

– Ach.

– Ja, in anderen Bundesländern, also in Mecklenburg-Vorpommern zum Beispiel, da finde ich alles Blaue toll. Weiß auch nicht, wieso. Aber in Rheinland-Pfalz, da mag ich Orange am meisten.

– Ah, ja, na das ist ja … wirklich … spannend … und sonst?

– Neun.

– Was?

–Die Zahl neun finde ich auch super an Rheinland-Pfalz. Also alles, wo eine Neun drin ist, das mag ich. Wenn beispielsweise etwas im Restaurant neun Euro kostet, dann fühl ich mich sehr wohl.

– Soso.

Sehe, wie jetzt der Moderator ohnmächtig wird. Als er wieder zu sich kommt, starren wir uns circa dreißig Sekunden wortlos an. Dann bricht die Aufnahmeleitung die Aufzeichnung ab. Zur Strafe schickt man mich in die Service-Ecke des Studios. Hier muss ich mit der Starköchin der

Landesschau verschiedene Weihnachtsplätzchen probieren, die Zuschauerinnen eingeschickt haben, und sagen, wie sie schmecken. Die Starköchin ist wirklich nett. Nach den ersten Plätzchen fragt sie mich:

– Und wie finden Sie den Zimtstern?

Weil sie so nett ist, will ich ihr eine Freude machen und sage:

– Oh, ich finde, der schmeckt ein bisschen wie Pirmasens.

– Wie meinen Sie?

– Na, wie Pirmasens, also irgendwie.

– Ach, und die anderen?

– Die Zitronenplätzchen schmecken für mich nach Worms, während die Schokotaler, die haben so einen feinen Hauch Speyer.

Ich möchte gerade noch was zu den Makronen sagen, die sehr nach Bad Kreuznach duften, da heißt es auf einmal, alles sei fertig aufgenommen. Ich werde aus dem Studio geschoben. Man bedankt sich, ich sei ein ganz toller Gast gewesen.

Als ich abends im Hotel die Wiederholung der Sendung sehe, muss ich feststellen, dass man mich rausgeschnitten hat. Stattdessen wird eine Aufzeichnung vom letzten Jahr gezeigt, wie jemand in Landau noch im November einen Riesenkürbis geerntet hat. 25,8 Kilo. Wahnsinn! Aber als die Starköchin später die Weihnachtsleckereien testet, sagt sie plötzlich bei einem zarten Buttertrüffel, der schmecke für sie beinahe wie Mainz. Dabei hat sie sehr nett gelacht. Ich wusste sofort, was sie meint.

Der gütige Siegfried

Philipp und Jana haben drei Kinder. Das ist einerseits praktisch, weil man so dem Ältesten, also Konrad, mit seinen neun Jahren schon mal Verantwortung für die anderen beiden übertragen kann. Andererseits gilt aber auch und gerade für Neunjährige der Satz Abraham Lincolns: «Willst du den wahren Charakter eines Menschen erkennen, so gib ihm Macht.»

Alles begann, als Jana und Philipp im letzten Jahr beschlossen, Konrad sei nun alt genug, um die Wahrheit über den Weihnachtsmann zu erfahren. Ihr Sohn durchschritt daraufhin in großer Geschwindigkeit die drei üblichen Stadien der Desillusionierung.

1.) Fassungslosigkeit: «Warum? Warum sagt ihr so was? Ist es, weil ich mein Zimmer nicht aufgeräumt habe? Habt ihr zur Strafe den Weihnachtsmann weggeekelt? Welchen Sinn hat das hier jetzt überhaupt noch alles?»

2.) Wiedererlangen der Fassung und erstaunlicher Realismus: «Also gut, wie viele Menschen wissen bereits Bescheid? Also von der Nichtexistenz des Weihnachtsmannes? Werden die dichthalten? Wie können wir angesichts dieser Situation eine Panik vermeiden?»

3.) Blanker Zynismus und Misanthropie. Die Erklärung tiefen Abscheus vor der Verlogenheit der Welt und der Menschheit an sich, endend in aufrichtiger moralischer Entrüstung: «Ich werde am diesjährigen Weihnachtsfest nicht teilnehmen. Auch nicht an etwaigen Weihnachtsfesten der nächsten Jahre. Ich bin nicht bereit, mich mitschuldig zu machen an diesem verlogenen und würdelosen Schauspiel. Ich fordere ehrliche Weihnachten in unserer Familie. Ohne Baum, ohne Kugeln, ohne Kerzen, ohne doofes Gesinge und vor allem ohne die Weihnachtsmannlüge. Weihnachten soll sich wieder ganz auf seinen eigentlichen, ursprünglichen, tieferen Sinn beschränken. Also nur auf die Geschenke!»

Diese tief fundamentalistische Haltung zum Weihnachtsfest bewahrte sich Konrad genau zwei Tage lang. Dann begriff er das wahre Potenzial der neuen Information. Dadurch, dass er jetzt etwas wusste, was seine jüngeren Geschwister eben noch nicht erfahren sollten, war er plötzlich im Besitz von Herrschaftswissen.

Vier Tage später bemerkte Jana, die Mutter, wie Konrads jüngere Geschwister, Clara und Michel, kleine Netze bastelten. Der gütige Siegfried, klärten sie die Mutter auf, sorge sich doch im Winter um die hiergebliebenen Vögel. Deshalb hänge man in der Nacht zum 25. November solche Siegfriednetze vor die Tür, die der gütige Siegfried dann mit Vogelfutter und zur Belohnung für die Kinder auch mit vielen Süßigkeiten fülle. Konrad habe ihnen vom gütigen Siegfried erzählt. Gott sei Dank gerade noch rechtzeitig, denn in zwei Tagen sei es ja schon so weit.

Als Jana Konrad zur Rede stellte, erklärte dieser, wenn er schon gezwungen werde, die schwer erträgliche Weihnachtsmannlüge mitzutragen, dann wolle er dafür aber wenigstens etwas für die armen Vögel tun. Das mit dem gütigen Siegfried und den Süßigkeiten sei nur zur Motivation für die jüngeren Geschwister. Damit sie keinen Verdacht schöpfen, werde aber auch er ein großes Siegfriednetz draußen an die Tür hängen.

Seine Eltern waren zwar ein wenig irritiert, aber immerhin steckte ein redlicher Gedanke dahinter, das Wohl der Vögel. Außerdem regte das Basteln die Kreativität der jüngeren Geschwister an. Daher beschlossen sie, beim Tag des gütigen Siegfried mitzumachen, und waren eigentlich auch ein wenig stolz auf Konrad und seine Idee. Philipp, der Vater, bastelte mit den Kindern sogar noch ein richtiges Vogelhäuschen für den Innenhof, wodurch der Tag des gütigen Siegfrieds ein echtes Familienfest wurde.

Es dauerte nicht lange, dann standen drei selbst gebastelte Schalen vor der Tür. Es gehe diesmal um die freundliche Huberta, meinten die Kinder. Die freundliche Huberta, die diese Schalen mit Nüssen für die Waldtiere und Süßigkeiten für die Kinder fülle.

Auf Nachfrage erklärte Konrad seinen Eltern, sie müssten nichts im Namen der freundlichen Huberta in die Schalen legen. Er fürchte nur, seine jüngeren Geschwister wären dann sehr enttäuscht. Womöglich verlören sie dann auch den Glauben an Nikolaus und den Weihnachtsmann, erst recht, wenn jemandem unabsichtlich eine Bemerkung rausrutschen würde.

In der Folge fanden Jana und Philipp alle drei bis vier Tage irgendwelche Behältnisse vor ihrer Tür: Strümpfe für den frierenden Gottlieb, Tassen für die schlürfende Johanna, Mützen für den geföhnten Frederick, Töpfe für die kochende Helga und Wannen für den stinkenden Günter, der, wenn die Kinder schlafen, in der Wanne ein Bad nimmt, alles wieder perfekt reinigt, trocknet und zum Dank jede Menge Süßigkeiten hinterlässt.

Zudem hatte Konrad längst allen Schulfreunden mit jüngeren Geschwistern von seinem Geschäftsmodell erzählt, weshalb auch sie mit großer Freude diese Tage begingen und eigene Ideen einbrachten. Etwa den Tag der tauben Jutta, zu dem man ein jüngeres Geschwister die Nacht über rausstellen sollte, damit es der tauben Jutta, die nur in dieser Nacht hören könne, ein Lied vorsinge. Was aber verworfen wurde, da man fürchtete, wenn keine taube Jutta auftauche, könnten die enttäuschten Geschwister Verdacht schöpfen.

Sonst aber lief es gut für Konrad und seine Freunde. Man blieb nicht unbemerkt. Als Erstes meldete sich ein Blumenhändler und fragte, ob man nicht einen Tag einführen könne, an dem ein nicht zu kleiner Blumenstrauß den Süßigkeiten beigelegt werden müsse. Den Tag der blühenden Ursula zum Beispiel. Es folgten Anfragen von Bäckern nach dem Tag des Zuckergusspaul, Kioskbesitzer verlangten den Tag des qualmenden Georg, und Klempner schlugen den Tag des singenden Pömpels vor. Sogar ein Staatssekretär aus dem Finanzministerium soll angefragt haben, ob man nicht auch einen Tag erdenken könne, an dem man den Süßigkeiten griechische Staatsanleihen beilegen müsse.

Am Ende wurden die vielen besonderen Tage den Kindern aber doch zu stressig. Konrad einigte sich schließlich mit seinen Eltern darauf, dass es den Weihnachtsmann doch gebe, und verzichtete auf fast alle anderen Schutz- und Konsumheiligen. Nur den Tag des gütigen Siegfrieds anstelle von Halloween und den Tag des singenden Pömpels statt des Valentinstages, die behielten sie bei.

Vorsicht ist besser als Komfort

Ich habe eine elektrische Zahnbürste zu Weihnachten geschenkt bekommen. Vorher habe ich noch nie eine elektrische Zahnbürste benutzt. Ich persönlich hätte wohl auch nie
die Idee gehabt, elektrische Zahnbürsten zu erfinden. Mir
schien es noch nie besonders anstrengend, weder für Hand
noch Handgelenk, die Zähne zu putzen. Meiner Meinung
nach ist das überhaupt keine schwere Arbeit, die einem
eine Maschine abnehmen muss. Den Müll runtertragen
finde ich deutlich schwerer. Falls mal jemand einen elektrischen Mülleimer erfinden würde, der selbständig in den
Hof runtergeht und sich ausleert – das wäre durchaus eine
echte Erleichterung. Oder noch besser: Dieser Mülleimer
läuft gleich bis zur Deponie. Dann könnte er auch Batterien
oder Energiesparlampen mitnehmen und auf dem Rückweg
Zeitung und Brötchen besorgen. Warum bekomme ich nie
so was geschenkt?
Wobei, wahrscheinlich wäre es mir auch gar nicht recht,
wenn der Mülleimer die Brötchen mitbringen würde. Wäre
ja doch eher unappetitlich. Es sei denn, man entwickelt
einen vollkommen reinlichen Mülleimer. Einen, der sich

selbständig sauber macht und hygienisch einfach tipptopp verhält.

Das wäre in der Tat großartig, denn dann könnte der ja auch einkaufen gehen. Und wenn er außerdem noch das zusätzliche Board im Badezimmer anschrauben würde, das wir jetzt plötzlich brauchen, damit ich da meine völlig unnütze neue elektrische Zahnbürste hinstellen kann, dann würde ich sagen: Endlich mal ein neues Gerät, das auch mein Leben ohne Frage erheblich verbessert.

Andererseits, wenn es das wirklich gäbe, also laufende Mülleimer, die sich selbständig runterbringen und leeren, sich sauber halten, waschen und pflegen, Einkäufe erledigen und kleinere Handwerksarbeiten in der Wohnung übernehmen, welche Frau würde dann überhaupt noch mit einem Mann zusammenleben wollen und warum?

Vermutlich ist dies der einzige Grund, weshalb solche Mülleimer noch nicht erfunden wurden. Weil die Männer sonst in unserer Gesellschaft massiv an Bedeutung verlieren würden. Wahrscheinlich ist das auch der Grund, weshalb noch niemand ein Gerät erfunden hat, das nachts schnarcht und tagsüber ohne System getragene Socken und sonstige Wäsche über den Fußboden der Wohnung verteilt.

Das ist nämlich immer die größte Gefahr von jedwedem technologischen Fortschritt. Wenn man nicht aufpasst, kann man sich da schnell selbst überflüssig machen. Dann heißt es plötzlich: «Wir brauchen hier niemanden mehr, der behauptet, er würde arbeiten, und dabei langsam wegdöst. Da haben wir jetzt eine Maschine für!»

Sortimentsmarmeladengläser

Ganz hinten im Kühlschrank, also hinter den Brotauf-
strichdosen, den aktiven Marmeladengläsern und den
Sortimentsmarmeladengläsern, liegt eine drittel volle Tube
Senf. Die gehört da nicht hin, die drittel volle Tube Senf. Das
weiß sie selbst eigentlich auch. Aber was nützt ihr das? Sie
ist runtergefallen. Hinter die Sortimentsmarmeladengläser.
Das ist das Ende. Wer hinter die Sortimentsmarmeladengläser fällt, der ist quasi verloren. Für immer verschollen. Es
gibt wohl nichts, was drittel volle Senftuben so sehr fürch-
ten, wie hinter die Sortimentsmarmeladengläser zu fallen.
Denn die Sortimentsmarmeladengläser sind stumme Zeu-
gen völlig verfehlter Haushalts- und Einkaufsplanung. Der
Fehlkäufe, der Experimente, der Weil-das-irgendwie-so-
lustig-klang-Versuche. Wie beispielsweise «bittere Ingwer-
Rosen-Orangen-Marmelade, nach einem althergebrachten,
traditionellen Rezept aus Großmutters Zeiten». So steht es
auf dem Etikett. Wo man sich selbst fragt: Wie, bitte schön,
konnte man darauf reinfallen? Ein traditionelles Rezept
aus Großmutters Zeiten? Als ob es zu Großmutters Zeiten
schon bittere Ingwer-Rosen-Orangen-Marmelade gegeben
hätte. Woher soll dieses Rezept sein? Wessen Großmutter
hat denn bitte solche Marmelade gemacht?
Genauso gut könnte ein Internetdienstleister werben mit
«traditionelles Webdesign seit 1885». Wobei man im Internet natürlich mittlerweile grundsätzlich misstrauisch ist. Bei
allem. Man würde da wahrscheinlich denken: Woher wissen
die, dass ich traditionelles Webdesign von 1885 mag? Woher
haben die meine Daten? Diese Schweine! Da würde solch
eine Werbung womöglich nach hinten losgehen.
Aber im Supermarkt ist man noch gutgläubig. Da überblickt

man das nicht so schnell. Man denkt erst mal: Ach guck, solche Marmelade hat meine Großmutter also früher immer gemacht. Damals, in ihrer Kindheit. Wusste ich gar nicht. Ich weiß so wenig über meine Großmutter. Da kauf ich doch jetzt zumindest diese Marmelade, damit ich mal so einen Eindruck habe, wie das Frühstück in der Kindheit meiner Großmutter eigentlich geschmeckt hat. Um dann festzustellen: Nicht gut! Das Frühstück meiner Großmutter, also zumindest die Marmelade, hat offenkundig gar nicht gut geschmeckt! Und dann schreibt man dieser Firma, dass das ja wohl Betrug sei. Eine solche Marmelade habe es zu Zeiten der eigenen Großmutter bestimmt noch nicht gegeben.

Die Firma aber schreibt tatsächlich spitzfindig zurück: «Ja, das stimmt vielleicht. So eine Marmelade hat es zu Zeiten Ihrer Großmutter in Deutschland womöglich wirklich noch nicht gegeben. Zu Zeiten heutiger Großmütter jedoch gibt es sie aber sehr wohl, und ‹Großmutters Zeiten› ist eben ein relativer Begriff, da es auch heute wieder neue Großmütter gibt, die jetzt ihre Zeiten erleben. Deshalb kann man natürlich im Prinzip auch bei Dingen, die jetzt erfunden werden, ‹aus Großmutters Zeiten› sagen, weil es ja zu allen, auch heutigen Zeiten – eben immer – Großmütter gibt.»

Fraglos eine logisch-analytische Argumentationslinie, die man einer Fruchtmarmeladenfirma so gar nicht zugetraut hätte. Wobei man noch froh sein muss, dass die nur mit Marmeladen handeln und nicht mit amerikanischen Hypotheken oder griechischen Staatsanleihen. Denn jemandem, der so argumentieren kann, würde man vermutlich alles abkaufen: «Guck mal hier, Facebook-Aktien aus Großmutters Zeiten! Nach traditionellem Rezept! Das klingt ja lecker! Und bewährt! Das nehmen wir doch mal mit!»

Die Sortimentsmarmeladengläser bleiben übrigens für

immer im Kühlschrank. Nur einmal geöffnet, für schlimm befunden, wieder zugeschraubt und ab ins Sortiment. Wenn überhaupt, kommen sie nur noch mal dran, wenn groß aufgefahren wird. Man ein gigantisches Angeberfrühstück veranstaltet und aller Welt zeigen will, wie viele Marmeladen man besitzt. Der Marmeladenkrösus von Berlin! Oder wenn nichts mehr da ist. Die Reste der Reste aktiviert werden.

Das Einzige, was für eine Marmelade ähnlich schlimm ist, wie eine Sortimentsmarmelade im Wartestand zu sein, ist: dem aktiven Sortiment anzugehören. Dann wird man zwar auch niemals geöffnet und gegessen, aber trotzdem jedes Mal mit rausgestellt. Bei jedem Frühstück, Zwischendurchsnack oder Abendessen muss man ran. Jedes Mal neue Hoffnung, die sich aber nie erfüllt. Ab und zu wird man sogar mal in die Hand genommen, aber nur, um erschrocken und ruckartig wieder zurückgestellt zu werden. Das ist mit das Demütigendste, was es für eine Marmelade gibt.

Natürlich sind die Sortimentsmarmeladengläser daher sehr verbittert. Niemals würden sie freiwillig den Blick freigeben auf die drittel volle Tube Senf. So sind sie. Selbst hier, in dieser Geschichte, wo es doch eigentlich um die drittel volle Tube Senf gehen sollte, haben die Sortimentsmarmeladengläser es wieder geschafft, dass nur über sie geredet wurde. Ja sogar die Überschrift gehört ihnen. Das ist fast wie in den Fernsehtalkshows, wo quasi auch immer nur die Sortimentsmarmeladengläser sitzen und über sich selbst reden, während man von den wahren Problemen der drittel vollen Tuben Senf nie etwas mitbekommt. Und darum, wer also die Zeit hat, der sollte doch einmal kurz hinter die Sortimentsmarmeladengläser im Kühlschrank schauen, ob da nicht eine kleine drittel volle Tube Senf verschüttgegangen ist. Die würde sich vermutlich aufrichtig freuen.

Alltägliche Verantwortung

Als ich am Morgen die Haustür öffne, liegt eine Leiche im Treppenhaus.

Denke: Oh, nee. Wenn ein Tag schon so losgeht, hat man ja gleich keine Lust mehr. Würde man am liebsten direkt zurück ins Bett. Was das jetzt wieder für ein Gerenne gibt. Mit der Polizei und hin und her und Verhör. Dann aufs Präsidium und noch mal identifizieren, und die Angehörigen wollen sicher auch mit mir reden. Wie ich ihn gefunden habe. Ob er friedlich oder sogar glücklich ausgesehen hat. Wenn es blöd läuft, fehlt am Ende auch noch was. Bargeld oder so. Wahrscheinlich werde ich dann verdächtigt. Von der Polizei, den Angehörigen oder, schlimmer noch, vom organisierten Verbrechen, dem eigentlich das Geld gehört und das sich jetzt an mich hält. Das fehlte mir noch.

Mache die Tür wieder zu. Werde einfach ein paar Minuten oder Stunden warten, bis einer der Nachbarn die Leiche findet. Soll der sich gefälligst drum kümmern. Wer die Leiche findet, dem gehört sie auch.

Die Freundin fragt, ob ich vom Brötchenholen schon wieder zurück sei.

– Nee, war gar nicht draußen. Ging nicht. Das Treppenhaus ist gesperrt, sozusagen.

Sie versteht nicht.

– Wie gesperrt? Wie lange denn?

– Schwer zu sagen. Vielleicht nur zehn Minuten, vielleicht eine Stunde, eventuell können wir aber auch den ganzen Vormittag nicht raus.

Sie verdreht die Augen. Gehe zurück zur geschlossenen Tür, lausche ins Treppenhaus. Die Tür vom Nachbarn geht auf. Drehe mich zur Freundin, raune mit gedämpfter Stimme:

– Gute Nachrichten, sieht so aus, als ob die Sperrung in ein paar Minuten schon wieder aufgehoben wird.

Die Tür des Nachbarn fällt ins Schloss. Ich warte. Nichts passiert. Warte noch länger. Nichts passiert. Warte ganz lange. Nichts. Nichts. Nichts. Verdammt, dieser Blödmann hat keine Polizei gerufen. So ein verantwortungsloser Feigling! Sitzt jetzt wahrscheinlich in seiner Wohnung und wartet, bis zufällig ein anderer die Leiche findet. Was für ein Drecksack. Na warte!

Rufe den Nachbarn an.

– Hallo, hier ist Horst. Hey, ich weiß, dass du vorhin die Tür zum Treppenhaus auf- und dann wieder zugemacht hast.

– Ja, und?

– Hast du da nichts gesehen?

– Nein.

– Nein?

– Nein. Äh, warum denn?

– Du weißt genau, was du nicht gesehen hast. Ich sage mal: Falls – also nur falls – im Laufe des Tages hier im Treppenhaus zufällig eine Leiche gefunden wird und falls sich herausstellen sollte, dass diese Leiche da schon länger liegt, dann wird sich die Polizei sicherlich dafür interessieren, wer hier um 7.30 Uhr die Tür zum Treppenhaus auf- und wieder zugemacht hat. Ohne etwas zu unternehmen. Da könnten eine Menge unangenehmer Fragen auf dich zukommen.

– Ach.

– Ja, ach!

– Ich habe aber gar nicht ins Treppenhaus geguckt.

– Was?

– Ich habe nur meine Wohnungstür geölt. Die hat so gequietscht. Da habe ich sie geölt. Von innen. Dann musste ich sie mal auf- und zumachen. Ohne dabei allerdings ins Treppenhaus zu gucken. Die Leiche, also wenn da eine Leiche im Treppenhaus liegen würde, wovon ich aber nichts weiß, da ich ja gar nicht ins Treppenhaus geguckt habe, habe ich also gar nicht gesehen.

– Nicht einmal das leuchtende Rot der Jacke ist dir aufgefallen?

– Da war kein Rot.

– Ha, jetzt hast du dich verraten. Woher weißt du, dass die Leiche keine rote Jacke hatte, wenn du sie gar nicht gesehen hast?

– Ich habe weder eine Leiche noch eine rote Jacke gesehen!

– Wo hast du das nicht gesehen?

– Na, im Treppenhaus.

– Was hast du im Treppenhaus nicht gesehen?

– Nichts. Ich habe überhaupt gar nichts im Treppenhaus gesehen.

– Nichts hast du im Treppenhaus gesehen?

– Nein.

– Wie kannst du denn «nichts» im Treppenhaus gesehen haben, wenn du gar nicht ins Treppenhaus geguckt hast?

– Was? Weil … weil … Sag mal, woher weißt du eigentlich von dieser Leiche, die wir ja wohl beide heute Morgen im Treppenhaus noch nicht gesehen haben?

Verdammt. Ich hätte ihn fast gehabt. Entschließe mich enttäuscht zum Strategiewechsel.

– Na gut, vergessen wir das. Wir haben beide heute Morgen nichts gesehen. Was machen wir jetzt?

– Weiterwarten, bis ein anderer Nachbar die Leiche findet. Dann hat der den Ärger mit Polizei, Angehörigen und organisiertem Verbrechen.

– Ach, das kann ewig dauern, bis hier wieder einer die Tür

aufmacht. Außerdem, wer garantiert uns denn, dass der oder die nicht auch einfach in der Wohnung bleibt und abwartet, bis noch mal ein anderer die Leiche, die wir beide nicht gesehen haben, findet.

– Stimmt. Das trau ich denen ohne weiteres zu. Sich so feige aus der Verantwortung zu stehlen. Es ist traurig, aber man muss den Menschen das echt zutrauen. Schlimm.

– Wir könnten die Leiche, die wir beide nicht gesehen haben, ins Vorderhaus ziehen. Da kommt häufiger mal einer vorbei.

– Zu gefährlich. Stell dir vor, wir werden erwischt.

– Na ja, wir müssten halt nur dafür sorgen, dass wir die Leiche beim Transport nach wie vor nicht sehen.

– Haha, sehr lustig.

– 'tschuldigung, wollte nur die Situation mal ein wenig auflockern.

– Man müsste der Maier einen Fahrradkurier oder den Blumenservice schicken. Dann würde der Bote die Leiche finden.

– Und was, wenn die Maier die Haustür nicht aufmacht?

– Stimmt, wirklich verzwickt, was können wir tun?

Es klingelt. Ich lege auf und sehe nach. Die Leiche steht vor der Tür und fragt, ob sie mal auf Toilette kann. Frage den Mann, ob er nicht gerade noch tot war. Er meint: Ja, ja, aber das sei nur sein Job. Es gehe um eine neue Erhebung zur Qualität der Wohnlage. Unter anderem werde erforscht, in welchen Vierteln man als Leiche wie schnell gefunden werde. Ich ziehe die Augenbraue hoch.

– Ach. Und was bedeutet das dann?

– Na ja, je eher man gefunden wird, desto besser ist das dann natürlich für die Wohnlage.

– Verstehe, das heißt, wenn Sie hier morgens sehr früh im

Treppenhaus gefunden worden wären, hätte das womöglich in diesem Viertel bald zu steigenden Mieten geführt?

– Hm, in Verbindung mit anderen die Wohngegend aufwertenden Kriterien womöglich ja.

Lasse ihn auf die Toilette, renne in die Küche, sage der Freundin, sie solle unserem leichenblassen Toilettengast beim Rausgehen ruhig noch vom häufigen nächtlichen Hundegebell in dieser Gegend erzählen und verabschiede mich dann zum Brötchenholen.

Denke: Es ist immer wieder erstaunlich, wie oft das definitiv falsche Verhalten am Ende irgendwie doch die beste Lösung ist.

Der «Ich-hör-gar-nicht-mehr-zu-Sack»

Bin in Paderborn vor einem heftigen Regenschauer in ein Café geflüchtet und lese dort jetzt in einer der ausliegenden Zeitschriften. Die Atmosphäre ist seltsam. Ein Mann rennt ständig quer durch den Raum. Es gibt wohl nur eine frei zugängliche Steckdose im Café, an der er den Akku seines Laptops aufladen kann. In dieser Ecke hat er aber wegen des dicken historischen Gemäuers kein Netz fürs Handy. Deshalb guckt er in der einen Ecke ständig etwas am Computer nach, rennt dann in eine Caféregion mit Handyempfang, um dort etwas ins Taschentelefon zu brüllen, bis er wieder zum Laptop rennen muss, um hier erneut auf den Bildschirm zu schauen. Das schafft eine ziemliche Unruhe in diesem eigentlich so beschaulichen Café.

Zwischendurch hat er schon versucht, das Handy einfach in der Ecke mit Empfang liegen zu lassen, auf Lautsprecher zu schalten und dann vom Laptop aus quer durchs Café zum Handy rüberzubrüllen. Aber das hat ihm die Bedienung schnell verboten.

Mein Zeitschriftenartikel ist ähnlich verstörend. Dort beweist jemand haarklein und schlüssig, dass, wenn das Bevölkerungswachstum in den asiatischen Ländern so anhält und in Europa weiter so stagniert, in sechzig bis siebzig Jahren quasi alle unsere Kinder Chinesen sein werden. Na ja. Abgesehen davon, dass ich gar nicht weiß, ob ich in sechzig Jahren noch mal Kinder bekommen möchte, und selbst wenn, dann ja auch die Freundin einverstanden sein müsste, glaube ich nicht, dass unsere Kinder dann Chinesen wären. Es sei denn, wir würden in China leben. Aber warum sollten wir? Und selbst wenn, in sechzig Jahren bin ich hundert Jahre alt. Wenn man in diesem Alter noch mal Vater wird, sollte man wirklich nicht erwarten, dass das Kind einem ähnlich sieht. Wäre ja auch für das Kind nicht schön.

Denke manchmal bei den ganzen siebzigjährigen Männern, die noch mal Vater werden, dass ich als kleines Kind auch geglaubt habe, ich könnte den Fernseher durch Zauberkraft an- und ausschalten. Dabei hat mein großer Bruder das heimlich mit der Fernbedienung gemacht. Aber das ist vielleicht auch ein unglücklicher Vergleich.

Der Mann mit dem Handy hat mittlerweile Gesellschaft bekommen. Zwei weitere Herren sind jetzt in die kleine Ecke mit Empfang gegangen, um da zu telefonieren. Misstrauisch beäugen sie sich. Sie vermuten wohl, einer könnte dem anderen das Netz wegempfangen. Sie könnten auch rausgehen, aber es regnet heftig. Da muss man sich entscheiden. Kein Netz oder nass werden. In dieser Ecke von Paderborn gibt es im Moment leider nur zwei Quadratmeter überdachtes Handynetz.

Das Gespräch eines der Männer nimmt einen unglücklichen Verlauf. Er wirkt zunehmend defensiv, man hört den Gesprächspartner durchs Telefon schreien.

Entschließe mich zu einer guten Tat. Gehe zu dem Mann und zerre ihn am Arm aus dem Handyempfangsbereich. Anfangs ist er verwirrt, aber dann begreift er das Geschenk, ruft noch in den Hörer: «'tschuldigung, das Netz wird schwächer!» Man hört es Knistern, Knacken, dann ist das Gespräch weg. Er lächelt. Hier ist er erst mal sicher, er darf das Funkloch nur nicht verlassen.

Holger, ein Freund, hat mir vor einiger Zeit mal eine Erfindung vorgestellt. Den «Kein-Netz-Sack». Einen Sack, der jedes Handynetz unterdrückt und den man bei Bedarf, wenn Gespräche blöd verlaufen, einfach über das Handy ziehen kann. So einen Sack könnte man natürlich auch für normale, also Auge-in-Auge-Gespräche entwerfen. Den «Ich-hör-gar-nicht-mehr-zu-Sack», den man sich, wenn das Gespräch aus dem Ruder läuft, einfach über den Kopf ziehen kann. So als stille Botschaft an den Gesprächspartner. Obgleich es schon gewöhnungsbedürftig wäre, wenn man dann überall in der Stadt Leute mit solchen «Ich-hör-gar-nicht-mehr-zu-Säcken» auf dem Kopf sähe. Vermutlich wären solche Säcke bei vielen Gesprächen sogar eine eloquentere Reaktion, als still in Kommunikationsduldungsstarre zu verharren. Trotzdem würden sie aber auch garantiert wieder zu endlosen Diskussionen führen.

Getauschte Tage

Freitagnachmittag. Habe mich mit Mara im Blumencafé im Prenzlauer Berg verabredet. Sie sitzt allerdings in einem Café in Barcelona, wo sie für zwei Jahre lebt und arbeitet. Wir werden uns gegenseitig Mails schreiben. Das hätten wir natürlich auch von zu Hause aus gekonnt, aber Mara findet das doof. Sie besteht darauf, dass man auch für Mailverabredungen die eigenen vier Wände verlässt. In ein schönes Café geht. Dadurch bekommt die Verabredung etwas Würdigeres, sie gewinnt an Wertigkeit. Sagt Mara. Daher sitzt sie in einem schönen WLAN-Café in Barcelona, und für mich sucht sie immer Orte in Berlin aus, die ihr fehlen, wo ich dann hinfahren muss, um mit ihr zu mailen. Natürlich könnten wir auch noch viel schneller, moderner und komfortabler per Skype, Facebook, WhatsApp oder Ähnlichem chatten. Aber wir sind altmodisch. Wir unterhalten uns noch per Mail. Die ganz alte Schule. So, wie man es eben immer schon gemacht hat. Das ist so eine Art Internetnostalgie.

Leider misstraut mir Mara ein wenig. Also hinsichtlich der Frage, ob ich auch wirklich in den Cafés sitze, in die sie mich bestellt hat, oder es einfach nur behaupte. Es hat da wohl schon Fälle gegeben, wo ich mich offensichtlich vertan habe, also Mara, weil es ihr nun mal wichtig ist, gesagt habe, ich säße im gewünschten Café, aber tatsächlich versehentlich zu Hause in der Küche hockte. Im Prinzip nur eine harmlose Verwechslung der Räume meinerseits. Kann ja schnell mal passieren.

Wer hat nicht schon stundenlang im Café gesessen und auf einen Freund gewartet, um dann plötzlich und überraschend von ebendiesem mittlerweile wütenden Freund am Telefon zu erfahren, dass man selbst ja gar nicht, wie angenommen, die ganze Zeit im Café sitzt, sondern versehentlich noch im Bett liegt und schläft. So eine eigentlich harmlose Verwechslung der Räume kann einem unglaublichen Ärger bescheren.

Seinerzeit hat Mara wohl ein paar Stunden nach unserer Verabredung noch mal wegen irgendwas auf dem Festnetz angerufen und dann tragischerweise von anderen Bewohnern erfahren, dass ich die Wohnung den ganzen Tag noch nicht verlassen hatte. Als ich kurz darauf hiervon erfuhr, also von der Tatsache, dass ich den ganzen Tag die Wohnung noch nicht verlassen hatte, war ich natürlich auch bestürzt, was Maras Verärgerung aber nicht verringerte.

Seitdem muss ich ihr per Handy Fotos schicken, mit denen ich den Weg von meiner Wohnung bis zum Café dokumentiere. Mit aktueller Zeitung und öffentlichen Uhren. Zusätzlich muss ich vom Café aus anrufen, und mit der Bedienung will Mara meistens auch noch sprechen, um ganz auf Nummer sicher zu gehen. Wahrscheinlich wäre es mittlerweile einfacher und womöglich auch günstiger, mal eben schnell nach Barcelona zu fliegen, um sich mit ihr zu treffen.

Mara schreibt mir aus einem Café in Barcelona, in dem die Leute ihren Tag tauschen können. Man geht in dieses Café und notiert auf einem Zettel, was man an diesem, am nächsten oder irgendeinem nicht fernen Tag zu tun hat, beispielsweise mit dem Hund Gassi gehen, Bücher in die Bibliothek zurückbringen, Einkäufe erledigen, Post- oder Ämtergänge, so Sachen. Diesen Zettel hängt man dort an eine Pinnwand und liest sich dann die Zettel mit den Tagesabläufen der anderen Gäste durch. Und wenn man einen interessanten Tag findet, dann kann man sich mit dem anderen verständigen. Einfach den Tag tauschen, also die Sachen des anderen abarbeiten, und der erledigt dann für einen selbst die eigenen

Sachen. Diese Tagtauschbörse laufe super, das Café sei ständig voll, schreibt Mara.

Klar, die Pflichten oder Aufgaben von anderen erscheinen einem ja häufig viel einfacher als die eigenen. Eigentlich sehr sinnvoll, schlicht mal zu tauschen. So profitieren alle. Natürlich sind sehr persönliche Dinge wie Zahnarzt- oder Friseurtermine oder auch sexueller Kontakt mit Freund oder Freundin bei dieser Tagestauschbörse tabu. Obwohl solche Extremvarianten inzwischen auch schon mal angedacht wurden.

Klingt verlockend. Für einen Tag praktisch mal mit jemandem das Leben tauschen. Bei voller Rückgabegarantie. Ich war genau so lange begeistert, bis plötzlich eine der Mails von Mara versehentlich mit «José» unterschrieben ist. Unglaublich, aber wahrscheinlich hat sie tatsächlich unsere Verabredung, also quasi mich, weggetauscht. An einen spanischen Germanistikstudenten.

Was sie wohl für mich bekommen hat? Hoffentlich was genauso Schönes.

Das Wittener Raum-Zeit-Phänomen

Freitagmorgen, 10.30 Uhr. Sitze am Hauptbahnhof in Witten und warte auf die S-Bahn. Eigentlich habe ich auf die Regionalbahn gewartet, aber die fährt nicht, wegen Lokführerstreik. Deshalb warte ich jetzt auf die S-Bahn. So lange, bis durchgesagt wird, dass auch die nicht fährt, wegen Lokführerstreik. Dann warte ich wieder auf die Regionalbahn.

Das geht jetzt seit 8.30 Uhr so. Ich weiß nicht, wer schon einmal am Hauptbahnhof Witten war und da zwei Stunden auf Züge, die nicht kommen, gewartet hat. Man muss wissen, Attraktionen im engeren Sinne hat der Hauptbahnhof Witten eher wenige. Genaugenommen hat er nur eine Attraktion. Nämlich Züge, die vom Hauptbahnhof Witten wegfahren. Wer schon einmal zwei Stunden ohne abfahrende Züge am Hauptbahnhof Witten verbracht hat, der weiß, er wird nie wieder in seinem Leben den wunderschönen Satz sagen können: «Mir war noch nie so langweilig.»

Der Mann neben mir, der seit anderthalb Stunden völlig regungslos auf der Bank sitzt und auf die Schienen starrt, holt plötzlich einen Handspiegel raus und hält ihn sich vors Gesicht. Wahrscheinlich um zu gucken, ob er noch atmet. Als der Spiegel beschlägt, höre ich ihn enttäuscht seufzen. Er steckt den Spiegel wieder ein. Dafür redet er mit einem Mal: «Wenn unsere Erde wirklich nur ein Staubkorn im Universum ist, dann könnte meinetwegen jetzt mal wirklich einer putzen kommen.»

Danach kippt er zur Seite. Wahrscheinlich ist er nun doch endlich tot. Zumindest lächelt er. Na ja, immerhin hatte er einen schönen letzten Satz. Etwas weiter vorne, in den Bahnsteigbereichen A und B, liegen auch schon ein paar Fahrgäste.

Laut Stephen Hawking kann Zeit, wenn sie zum völligen Stillstand kommt, implodieren und sogar Materie zerstören. Wodurch dann diese Raum-Zeit-Löcher oder Anomalien entstehen. Kannste mal sehen. Hätte nie gedacht, dass ich bei so einem astrophysischen Phänomen mal dabei sein würde. Erst recht nicht hier, auf dem Hauptbahnhof Witten.

Wenn nicht bald ein Zug kommt, wird es wohl kaum Überlebende geben. Das Service- und Reinigungspersonal vor dem Hauptgebäude guckt auch schon genervt. Vermutlich weil so eine Aus-Langeweile-Sterberei hier in Witten nicht das erste Mal passiert.

Sollte mir vielleicht langsam mal einen Satz überlegen, den ich als letzten sagen könnte. Vielleicht so etwas wie: «Auf Gleis 3 hält jetzt Einfahrt der Regionalexpress nach Essen.»

Ja, das ist ein verdammt guter letzter Satz. Stelle fest, ich habe ihn gar nicht nur gedacht, er ist sogar aus den Lautsprechern gekommen.

Wahrscheinlich habe ich das kraft meines Geistes ausgelöst. Konnte ich womöglich, weil das Raum-Zeit-Kontinuum bereits beschädigt war. Und da fährt der Zug auch schon ein. Alle Toten stehen wieder auf und steigen in die Waggons. Als wäre nichts gewesen. Wahnsinn! Wahrscheinlich habe ich die jetzt alle gerettet. Mit meinem Satz habe ich alle gerettet! Aber meinste, da bedankt sich mal einer? Kannste lange warten.

Man weiß ja, wie die Leute sind

Mein Vater sagte immer, in Berlin würde er nun wirklich nicht leben wollen. Das könne er sich nicht vorstellen. Dort würde er sich niemals wohl fühlen.

Grund zu dieser Meinung gaben ihm allerdings nicht die Größe, der viele Verkehr, die Hektik, die Anonymität oder die Schroffheit Berlins. Auch nicht die Luft, die so viel schlechter als in seinem niedersächsischen Dorf war, oder der ständige Lärm. Nein, der tiefere Grund, weshalb er fest davon überzeugt war, niemals auf Dauer in Berlin leben zu können, lag in einem Erlebnis während seines ersten Besuchs bei mir, Ende der achtziger Jahre. Damals hatte er mir, knapp ein Jahr nach meinem Umzug, noch letzte Dinge nach Berlin gebracht. Gegenstände, die ich, wie er fand, dringend benötigen würde. Ich erinnere mich noch gut an das vorangegangene Telefongespräch:

– Du, Junge, hier steht ja doch noch einiges Zeug von dir rum, ne.

– Ja, Papa, ich weiß, aber das brauche ich alles nicht mehr. So was kann ich hier schneller und einfacher bekommen, gebraucht über die «Zweite Hand».

– Ja … Aber hier steht das ja nu auch man nur im Weg rum, ne.

– Ich weiß. Meinetwegen kann das alles weg.

– Ja … Kann alles weg?

– Kann alles weg.

– Ja … Dann bring ich dir das mal nach Berlin, dann ist das hier alles weg.

Rund vier Wochen später kam er tatsächlich mit einem vom Nachbarn geliehenen VW-Bus, der bis oben hin beladen war mit Kram und Möbeln. Zu drei Vierteln allerdings mit

Möbeln, die ich noch nie in meinem Leben gesehen hatte. Ich versuchte, diesen Umstand vorsichtig zu kritisieren.

– Papa, was in Gottes Namen ist das alles für Zeug?

– Ja … Als ich gesagt hab … dass ich zu dir nach Berlin fahre … weil du noch Möbel brauchst … da haben alle in der Nachbarschaft mal geguckt, was sie noch so überhaben.

– Papa, ich habe gesagt, ich brauche überhaupt nichts!

– Ja … Das sind zum Teil noch richtig gute, teure Sachen … Musste nur vielleicht so 'n bisschen mit Leim … Dann sind das noch gute Sachen.

– Papa, hast du mir denn gar nicht zugehört?

– Ja … Natürlich … Aber du weißt ja, wie die Leute sind.

Das war das Königsargument meines Vaters. Wann immer er in Gefahr geriet, eventuell einen Fehler zugeben zu müssen, befreite er sich mit einem alles erklärenden «Du weißt ja, wie die Leute sind».

Speziell bei Klagen meiner Mutter:

– Sag mal, wo ist eigentlich die Milch? Ich sehe gar keine Milch bei den Einkäufen. Fehlt die etwa?

– Ja … die fehlt. Hatte ich eigentlich kaufen wollen, aber … du weißt ja, wie die Leute sind.

Wenn mein Vater sein Königsargument gebracht hatte, erübrigte sich jede weitere Diskussion. Das war auch mir seit frühster Kindheit klar. Also trugen wir die circa vier Kubikmeter Sperrmüll in meine kleine Wohnung. Dann drückte er mir einen Stapel Briefumschläge in die Hand: «Hier … deine Mutter hat schon mal die Karten, mit denen du dich ganz herzlich bei den Nachbarn bedankst, vorbereitet. Musste nur noch unterschreiben und abschicken … du weißt ja, wie die Leute sind.»

Später, am Nachmittag, gingen wir dann noch gemeinsam ein wenig durch mein Berliner Viertel, bis wir uns in ein

Café setzten, wo schließlich das geschah, weshalb mein Vater später und für alle Zeiten verkündete: «Berlin? Nein, das kann ich mir nun wirklich nicht vorstellen, dort zu leben.»

Denn als der Kellner kam, brachte er eine Karte und fragte meinen Vater, ob er frühstücken wolle.

Ich werde nie das Gesicht meines Vaters vergessen. Wie versteinert saß er stockgerade auf seinem Stuhl und starrte den Kellner an. Um fünfzehn Uhr am Nachmittag, draußen wurde es schon langsam wieder dunkel, wurde er gefragt, ob er denn frühstücken wolle. Ganz langsam, schweigend und beinah verängstigt schüttelte er den Kopf. Erst einige Minuten später, als er sich einigermaßen gefangen hatte, fragte er mich leise: «Und wann esst ihr Mittag?»

Später machte er bei jedem meiner Besuche in der Heimat, wenn er mich um acht Uhr morgens weckte, den schönen Witz: «Abendbrot ist fertig!» Rund zwanzig Jahre lang machte er diesen Witz. Und wir fanden ihn beide jedes Mal wieder lustig.

Daran musste ich denken, als ich kürzlich in meinem wirklich ziemlich kleinen Heimatort ein neues Café entdeckte, das Frühstück bis achtzehn Uhr anbot. Bis achtzehn Uhr! Meine Herren! Aber gut, ich meine, man weiß ja, wie die Leute sind.

Altersvorsorge in Gütersloh

Am frühen Abend in Gütersloh vor einem Lokal in der Nähe des Bahnhofs. Zwei Männer sitzen draußen an einem Tischchen. Der eine trinkt Bier, der andere redet.

– Mir will einfach nicht in den Kopf, wieso du jeden Abend hier noch unbedingt ein Bier trinken musst. Das ist doch nicht gut.

Der Trinkende verzieht keine Miene, antwortet aber trotzdem.

– Ein Bier schadet nicht.

– Ja, aber es nützt auch nichts. Und außerdem, jetzt rechne mal nach. Jeden Abend trinkst du hier ein Bier für zwei Euro. Das sind im Jahr siebenhundertdreißig Euro. Jetzt lass mal dreißig Jahre weitergucken. Dann wären das, Moment, einundzwanzigtausendneunhundert! Hübsche Summe. Jetzt stell dir mal vor, du würdest statt des Biers jeden Abend zwei Euro in die Büchse werfen, dann hättest du in dreißig Jahren diese Riesensumme beisammen. Wär das nicht was?

Der andere nimmt in Ruhe einen weiteren Schluck und schüttelt dann den Kopf.

– Wer weiß denn, was in dreißig Jahren ist? Außerdem wäre mir das zu riskant.

– Was?

– Na, das Geld zu sparen, statt es zu vertrinken. Wäre mir zu riskant.

– Was ist denn daran riskant?

– Jetzt stell dir mal vor, ich trinke die dreißig Jahre und merke dann: Ach Mist, ich hätte doch lieber sparen sollen. Wäre viel schöner, wenn ich jetzt das ganze Geld hätte.

Er nimmt noch einen Hieb Bier, als wolle er damit sein

Nachdenken sichtbar machen, bevor er, den Blick in der Weite der Einbahnstraße verlierend, weiterredet.

– Dann könnte ich das vielleicht wiedergutmachen. Könnte mir diese einundzwanzigtausendneunhundert Euro auch anderweitig besorgen. Es wäre sicherlich nicht einfach, aber das ginge womöglich. Irgendwie. Stell dir jetzt dagegen mal vor, ich hätte die ganze Zeit gespart und nach dreißig Jahren merke ich: Ah, hätte ich doch lieber getrunken! Die ganze Zeit! Wie soll ich das je wieder aufholen? Jeden Tag einen halben Liter. Dreißig Jahre lang. Das wären rund fünftausendvierhundert Liter Bier. Das schafft man doch gar nicht! Und wenn doch, käme ich ja zu nichts anderem mehr. Den ganzen Rest meines Lebens müsste ich praktisch ununterbrochen Bier trinken. Was für ein Stress! Das macht doch irgendwann gar keinen Spaß mehr. Nein, so stelle ich mir meinen Lebensabend nicht vor. Nur trinken, trinken, trinken. Da arbeite ich jetzt lieber in Ruhe vor, damit es mir im Alter mal besser geht und ich nur so viel trinken muss, wie ich auch schaffen kann.

Der andere nickt.

– Verstehe. Dann ist dieses Bier, das du hier jeden Abend trinkst, für dich so eine Art Altersvorsorge?

– Ganz genau. Meine Altersvorsorge hat viele Säulen. Und dieses Bier jeden Abend ist sicherlich eine der wichtigsten. Noch wichtiger als diese ganze Sparerei ist nämlich, dass man immer auch gute und schöne Sachen macht, weil wer davon zu wenig auf die hohe Kante legt, schafft das im Alter …

Der Rest seines Satzes geht leider in einem gewaltigen Rülpser unter. Sein Freund hat ihn aber trotzdem verstanden.

Ich bin mir nicht sicher, ob vor einem Bahnhofslokal in Gütersloh zu sitzen wirklich ein wichtiges, unvergessliches Erlebnis ist, von dem man im Alter noch lange zehren kann.

Trotzdem habe ich in den letzten Jahren von verschiedenen Finanzfirmen sehr viele deutlich unseriösere Vorsorgemodelle gesehen und auch angeboten bekommen.

Zahle drinnen mein Essen und bringe den beiden auf dem Rückweg zwei frisch gezapfte Biere mit.

«Hier! Schon mal eine Bonuszahlung in Ihren Rentenfonds.»

Die Männer sind sehr zufrieden. Ich glaube nicht, dass sie ihr Vorsorgemodell noch einmal ändern werden. Warum auch?

Das Etablissement im Zug

Sitze im Zug Richtung Berlin und lese einen Zeitungsartikel, in dem es darum geht, dass Meerschweinchen depressiv werden können, wenn man nachts in der Wohnung häufig das Licht an- und ausmacht. Denke: Wahnsinn, wofür ich mich so alles interessiere. Überlege, wie viele meiner Freunde wohl so einen Artikel mit ehrlichem Interesse lesen würden. Wahrscheinlich keiner. Stelle dann fest, der Artikel ist auch noch sehr verquast und langweilig geschrieben. Super. Vermutlich wird niemand auf der ganzen Welt diesen Artikel bis zum Ende lesen. Außer mir. Fühle mich ein bisschen wie ein Held.

In Hannover steigt ein Mann zu und stellt seinen Papp-Kaffeebecher am letzten freien Platz mit Tisch ab. Während er etwas weiter hinten im Wagen seinen Koffer verstaut, kommt ein anderer Mann und setzt sich direkt auf diesen Platz. Ein Streit entsteht. Die beiden werden ziemlich laut. Ich versuche, mich auf meinen Meerschweinchenartikel zu konzentrieren. Schließlich bleibt der zweite Mann am Tisch sitzen. Der erste mit dem Kaffee setzt sich direkt dahinter auf einen Platz ohne Tisch und schaut sehr, sehr böse. Dann holt er eine Tüte mit frisch gebrannten Mandeln, wahrscheinlich direkt vom Bahnhofsmarkt in Hannover, heraus. Die Mandeln duften unglaublich, geradezu betörend. Ich kann mich kaum noch auf meinen Artikel konzentrieren.

Der Mann am Tisch beginnt zu telefonieren. «Ja, hallo, Schatz. Du, ich sitze im Zug ... Ja, ich muss dringend noch mal in die Zentrale nach Berlin ... Natürlich ... Doch, doch, aber es wird heute leider sehr spät ...» Er macht ein bedauerndes Gesicht.

Doch dann geschieht etwas Unerwartetes. Der verärgerte,

von seinem Platz verdrängte Mann, der direkt hinter ihm sitzt, beugt sich vor und ruft in Richtung des Handys: «Ja, da haben Sie aber wirklich nicht zu viel versprochen. Das ist ja ein tolles Etablissement hier! Wusste gar nicht, dass es so was in Hannover gibt. Großartig, ganz großartig!! Und die Mädels. Ha, die sind ja vom Allerfeinsten!!!»

Mit weit aufgerissenen Augen starrt der Tischmann nach hinten, stammelt in sein Telefon. «Nein, nein, Schatz ... Da ist nichts. Nur ein Idiot hier im Zug, der sich einen Scherz erlaubt.»

Der Mandelmann brüllt jetzt noch lauter: «Na, na, junge Frau, jetzt lassen Sie den Mann doch in Ruhe telefonieren! Er hat doch gesagt, er muss nur dieses lästige Telefonat hinter sich bringen, und dann ist er ganz für Sie da.»

Ich muss zugeben, das ist jetzt sogar noch interessanter als der Artikel über depressive Meerschweinchen. Lasse die Zeitung sinken.

Der Tischmann ist nun in respektabler Panik. Verzweifelt hält er mir das Telefon hin, ruft: «Bitte, sagen Sie doch meiner Frau, dass wir wirklich im Zug nach Berlin sitzen und nur so ein Spinner hier Randale macht!»

Ich schaue auf das Taschentelefon und überlege. Plötzlich sehe ich, wie mir der Mandelmann in der offenen Hand drei wunderbar duftende Mandeln hinhält. Entschließe mich zu einem Kompromiss und sage: «Was nützt dem Wolf die Freiheit, wenn er das Schaf nicht fressen darf?»

Der Tischmann reißt sein Handy zurück und beginnt jetzt fast ins Gerät zu weinen. Der Mandelmann hingegen verteilt ungerührt Mandeln an alle Mitreisenden. Die machen dafür Geräusche in seinem Sinne. Innerhalb kürzester Zeit klingt der ganze Waggon wie ein besoffenes Bordell in Hannover. Beziehungsweise so, wie wir uns ein besoffenes Bordell in

Hannover vorstellen. Irgendwann schreit der Mann am Tisch: «Es ist gut jetzt! Sie hat aufgelegt, Sie können aufhören!»

Aber es dauert noch eine ganze Weile. Mindestens vier oder fünf Minuten, bis sich wirklich der ganze Wagen wieder beruhigt hat. Dann nimmt der Tischmann seine Sachen und geht deprimiert und verärgert zum Speisewagen.

Der Mandelmann setzt sich an den Tisch und ist sehr zufrieden. Kurz darauf jedoch murmelt er nachdenklich: «Aber der Frau gegenüber ist es gemein.»

Alle Mitreisenden stimmen ihm zu. Ich werde auserwählt, mit dem Handy des vergraulten Mannes vom Speisewagen aus seine Frau anzurufen und alles aufzuklären.

Nachdem ich ihn gefunden habe, wählt der Mann auch sofort die Nummer und gibt mir sein Smartphone. Als ich seiner Frau alles gestehen will, unterbricht sie mich schnell: «Ach, das weiß ich doch, dass das im Hintergrund gespielt war. Denken Sie, ich bin bescheuert? Das war übrigens sogar ziemlich schlecht gespielt. Aber ich dachte, Gott, man weiß ja, wie die Leute sind. Spiele ich eben einfach mal mit und lasse meinen Mann ruhig ein bisschen schwitzen. Das tut ihm auch mal ganz gut. Jetzt würde ich aber gern wieder zu meiner Zeitung zurück. Ich lese hier nämlich gerade einen sehr interessanten Artikel über depressive Meerschweinchen.»

Sie legt auf. Ich sage dem Mann, es sei alles geregelt, er solle ihr aber vielleicht etwas aus Berlin mitbringen, worüber sie sich freue. Gehe dann zu meinem Platz, zu meiner Zeitung zurück. Ein gutes Gefühl, irgendwie doch nicht ganz allein zu sein.

**rowohlt
BERLIN**

Die Fußballnationen dieser Welt zu Gast bei Horst Evers.

Mehr als 50 Nationen dieser Welt zu Gast bei Horst Evers: Er porträtiert Land und Leute, ihre Sitten und Gebräuche. Was macht diese Völker aus? Was für eine Mentalität haben die so? Welche Geschichte? Welche Eigenheiten? Was oder wen essen die gerne? Und warum? Die lustigste Völkerkunde, seit Gott den Fußball schuf.

«Ein brillanter Autor, ein wunderbarer Erzähler und ein stiller Komödiant ... Einfach klasse, Eins mit Stern!»
(Süddeutsche Zeitung)

Ro 253/1 · Rowohlt online: www.rowohlt.de · www.facebook.com/rowohlt

Auch als
E-Book

HORST EVERS

Vom Mentalen her quasi Weltmeister

ISBN 978-3-87134-776-4